AF212314

# La Circunstancia

# La Circunstancia

JORGE CONSIGLIO

 ETERNA CADENCIA EDITORA

Consiglio, Jorge
   La Circunstancia / Jorge Consiglio. - 1a ed. - Ciudad
Autónoma de Buenos Aires : Eterna Cadencia, 2024.
   264 p. ; 22 x 14 cm.

   ISBN 978-987-712-330-2

   1. Novelas. I. Título.
   CDD A863

© 2024, Jorge Consiglio
c/o Schavelzon Graham Agencia Literaria
www.schavelzongraham.com
© 2024, Eterna Cadencia s.r.l.

Primera edición: mayo de 2024
Primera edición en España: agosto de 2024

Publicado por Eterna Cadencia Editora
Honduras 5582 (C1414BND) Buenos Aires
editorial@eternacadencia.com.ar
www.eternacadencia.com.ar

ISBN 978-987-712-330-2
Hecho el depósito que marca la ley 11.723

ISBN España: 978-84-128462-7-0
Depósito legal: M-19183-2024

Impreso en España / *Printed in Spain*

*A la memoria de mi amigo, Christian Kupchik*

*Si no es la proximidad del salvaje lo que inquieta al hombre de campo, es el temor de un tigre que lo acecha, de una víbora que puede pisar. Esta inseguridad de la vida, que es habitual y permanente en las campañas, imprime, a mi parecer, en el carácter argentino cierta resignación estoica para la muerte violenta, que hace de ella uno de los percances inseparables de la vida, una manera de morir como cualquier otra; y puede quizá explicar en parte la indiferencia con que dan y reciben la muerte, sin dejar en los que sobreviven impresiones profundas y duraderas.*

SARMIENTO

# 1

Entra el inspector y estallo en una carcajada. Es un tipo tan vulgar, tan estúpido, que no puedo parar de reírme. De hecho, aprieto las piernas para no orinarme. Alguien –un morochito de uniforme– me pone la mano en el hombro. Pregunta si me siento bien. ¿Le traigo agua, señora?, dice. Niego con un gesto y me sigo retorciendo de risa. Desde la infancia que no me pasaba algo así. Me falta el aire. Como puedo, digo: Me falta el aire. Y por el esfuerzo me agarra un ataque de tos. Entonces, el mismo idiota que me ofreció agua me mira con cara de pocos amigos. Tranquila, dice. Cálmese. Y otra vez me agarra el hombro, pero ahora estruja la blusa. Da a entender que se terminó el espectáculo: mi falta de respeto, en adelante, será castigada. Entiendo el mensaje y triplico mis esfuerzos para mantenerme seria. No estoy en una situación para hacerme la graciosa.

Respiro hondo –inhalo tres veces– y gradualmente salgo de la crisis. Otro policía –con una insólita voz de pájaro– me ofrece un pañuelo con olor a colonia Wild Country. Me seco el borde de los párpados y les pido disculpas a los personajes que me rodean y que no saben qué hacer conmigo. Son los nervios, me excuso. Alargo el brazo y finjo un temblor en la mano. Miren cómo tengo el pulso, les digo y me hago la víctima.

En realidad, lo que me resulta cómico es el extraordinario parecido entre el oficial que acaba de entrar y la ilustración que hay en un trapo que mi madre usa en la cocina. Es un pedazo de tela medio rotosa adornada con una reproducción de Juliano de Médici que, por los lavados, fue perdiendo su melena espumosa. En ese paño, ahora, se ve una figura amputada: sin el pelo, el cráneo de Juliano perdió volumen, se tornó rectilíneo. El hombre que me habla en este momento es su viva imagen. Se presenta. Soy el principal Mario Baigorria, dice. Lo escucho hablar y de nuevo me acuerdo de Juliano de Médici. Repite: Soy el principal Mario Baigorria. Habla con voz clara. Mueve el mentón como si me desafiara. Dice cinco palabras y, por la gravedad de su tono, altera la atmósfera del ambiente.

Mario Baigorria –el principal Mario Baigorria, como le gusta decir a él– tiende a dramatizar las situaciones. Es evidente que su cerebro es binario, rabiosamente binario. Su mirada registra y simplifica. En cierto sentido, el criterio de Baigorria se asimila al de los paisajistas de la China tradicional. Como ellos, elabora escenas en dos dimensiones. Baigorria –tan parecido al mutilado Juliano, que tan buen servicio presta en la cocina de mi madre– viste un traje azul y una corbata con escudos dorados. En el anular lleva un anillo con una piedra negra engarzada. Lo digo de una vez: no se priva de nada.

Me lanza una mirada helada. Al fin y al cabo, soy la acusada. Explica que mi familia, evidentemente se refiere a mi madre, designó a un abogado para que me represente. Haga pasar al doctor Viggiano, dice, y acompaña la orden con un gesto. Uno de los policías abre la puerta de inmediato, pero no encuentra a nadie. Entonces, para demostrar competencia, sale al pasillo a cumplir el mandato. En ese momento, entra a la oficina un vaho fuerte a comida de pobre: carne, hueso, verdura hervida. Puchero, pienso. Maldición, exclamo para mis adentros. Caigo en la cuenta de que el verdadero castigo, más que el encierro, será la basura que sirven en las cárceles. Me descompongo de solo imaginarlo, pero sobrellevo la indisposición como la dama que soy.

Baigorria, el inefable Baigorria, está distraído. Pasa por alto mi malestar. Ordena papeles: encarna a un burócrata a la antigua. Estar ocupado para él es la mejor manera de representar la autoridad. Lo notable del trance, lo verdaderamente notable, es que la simpleza de Baigorria me tranquiliza. Su conducta avala la estupidez del mundo: todo es tan mezquino como lo imaginé a los doce años. Y la verdad es que esta circunstancia hace que mi corazón lata con mayor serenidad; saberme en lo cierto regula mi frecuencia cardíaca. La incertidumbre es una mentira de la filosofía, pienso. Pasan los años y pierdo alguna esperanza, pero las que conservo, las que resisten al tiempo, son cada vez más sólidas.

*

Entra el abogado. Debe ser de mi edad, año más, año menos. Es uno de esos pelados inconfesos: tiene la cabeza cruzada por tres mechones aplastados y, sobre las orejas, dos alerones de rulos que rematan en una melenita. Es DeVito en *La guerra de los Rose*, pero veinte centímetros más alto. Se presenta como el doctor Viggiano. Usa la profesión para darse aires, igual que Baigorria. Soy el doctor Andrés Viggiano, me dice. Y remarca el "soy". Italiano

13

hasta la médula, pienso. Se le manchó el apellido con tuco, caballero, le diría mi madre. Desde que era chica, ella sabe muy bien que la crueldad garantiza respeto.

Miro los ojos de Viggiano. Los tiene como los de una vaca: grandes y húmedos. Espero que aclare algo, que me explique mi situación. Cómo diablos me defiendo, Viggiano, tengo ganas de gritarle. Pero me quedo callada, y él, letrado como es, no abre la boca. Alguien le alcanza café en un vaso descartable. Lo sopla y pide azúcar. Pasan diez o quince segundos que él usa para acomodarse en una silla. Recién ahora se digna a mirarme. Soy penalista, dice. Usted quédese tranquila.

Digo que sí con la cabeza y me miro las manos, que descansan, una sobre la otra, sobre mis piernas. Aprovecho la pausa y le rezo al dios en quien no creo. Le pido que los antepasados de Viggiano hayan nacido en algún pueblo del sur de Italia. La gente de esa zona es rústica y supersticiosa. Viven en casas de piedra y se bañan una vez por año. A esto se les suma otra cuestión importante: sufrieron hambre. Y, como es sabido, esa experiencia se fija en el alma y moldea la conducta. Los hambreados ganan una desesperación que no los abandona. De ahí la destreza y, sobre todo, el empeño para conseguir el sustento. Luchan por la comida a brazo partido. Yo misma los vi matarse por un pedazo de pan. Como decía Samaniego: Las personas cambian por necesidad, no por deseo. El hambre, además, no se agota con el que la sufrió, pasa de una generación a otra. Es un estado del alma, por lo tanto, se hereda. A veces, incluso, en ese tránsito, mejora la pauta de supervivencia. De este modo, la privación del abuelo de Viggiano se relaciona con la pericia de su nieto como abogado. Con su destreza para la trampa, digamos. Espero que mi destino esté en manos de alguien que guarde, aunque más no sea en una única mitocondria, la barbarie de esa voracidad.

¿Empezamos?, propone Baigorria. Por la ventana, se cuela un pedazo de cielo. Estamos en mayo y afuera es otoño. Tomo aire por la nariz y lo guardo en los pulmones. Los que hacen yoga dicen que la respiración consciente es fundamental para relajarse. Espero que alguien tome la palabra, que diga algo. Soy la acusada y actúo como tal. Me rodean cuatro tipos que me miran de soslayo. Esperan algo de mí, eso está clarísimo. Abro los ojos lo más que puedo para expresar desconcierto. Baigorria traga saliva. Se impacienta, eso también está claro. Me pregunta si voy a prestar declaración en sede policial o ante el juzgado. No sé qué decirle: jamás pasé por una situación parecida. Como es lógico, giro la cabeza y le consulto a mi abogado. Pero antes de que el letrado mueva un músculo, Baigorria planta su diestra sobre la mesa. El muy imbécil dice: Señora Kendell, su abogado no puede contestar ni insinuarle respuesta. De pura frustración, abro la boca y del fondo de mi garganta sale un ruido, una especie de sibilancia. Es interpretada por todos como un eructo; a fin de cuentas, una grosería. Frente al asombro de los cuatro oligofrénicos que me rodean, Baigorria se aclara la voz con una tosecita impostada y dice: Es la ley, señora Kendell. La ley.

\*

¿Va a declarar acá o en el juzgado?, repite el inspector. La voz le sale finita. Yo, como siempre, ofrezco esta cara maravillosa que la naturaleza –y la excelente genética de mis ancestros: soy la cuarta generación de argentinos– me dio. Acomodo la cadera en la silla y me dispongo a hablar. Pero antes, casi por accidente, me rozo la cicatriz que tengo en el mentón. Es una herradura mínima, casi imperceptible. El dedo la recorre de memoria. Es un ir y venir, una costumbre. Distingo su calado, hondo en el medio, superficial en los bordes. Cuando vivíamos juntas, mi abuela decía que las imperfecciones me volvían más linda. Sos tan hermosa que asimilás los defectos, aseguraba. Yo me sentía singular, distinta, una reina.

*

Una vez, a principios de diciembre, mi pobre abuela se cayó en la calle y se quebró el brazo en dos partes. La enyesaron del bíceps a la muñeca. De esa parte, asomaba su mano como un apéndice. Parecía algo antinatural, una ratita albina. La pobre se pasó el verano con ese yeso. Sufrió horrores, me consta. A la tarde, muy afligida, se sentaba en el balcón a comer ciruelas. Como la fruta era siempre jugosa, a pesar de su cuidado, terminaba manchándole el yeso. La superficie impecable se transformó, en poco tiempo, en un mapa de salpicaduras. El traumatólogo –literalmente, un carpintero–, cuando vio el estado del yeso, lo cambió por otro. El nuevo era blanquísimo, terrible para la vista y, por si fuera poco, perjudicial para la imagen de mi abuela, que, por contraste, parecía mustia y deslucida, como si toda su luminosidad, ese fulgor que la volvía única, la hubiera abandonado de golpe. Como yo no me callo nada con nadie, y menos con las personas queridas, se lo comenté al pasar. Hasta el día de hoy no alcanzo a entender su reacción. Se puso furiosa y me gritó cosas horribles. Nunca en mi vida la había visto tan enojada. Me tiró uno de esos zapatones del Dr. Scholl que usaba. Giré en el aire para esquivarlo, pero no hubo caso: me dio de lleno en la cara. Estuve una semana hecha un desastre. Se me hinchó la mejilla y no podía cerrar la boca. Tardamos en reconciliarnos, y nuestro acercamiento, efectivamente, lo favoreció mi madre. Una mañana, mi abuela se acomodó la gorguerita y me invitó a tomar un helado. Esa fue su forma de pedirme perdón. Nos sentamos en un banco a la sombra, en la plaza Vicente López. Estábamos las dos incómodas, con anteojos negros, apáticas, hasta que de golpe nos desatamos y nos pusimos a hablar con la confianza de siempre. De esta manera sellamos nuestro cariño. La normalidad se fue acomodando entre nosotras sin que nos diéramos cuenta, como la grasa que, con los años, se amontona en las caderas.

*

Ahora, de vuelta al presente, levanto la vista y la clavo en Baigorria, en el impresentable de Baigorria. Voy a declarar acá, afirmo con determinación. Y noto el impacto que tiene lo que digo en mi abogado, que encoge los hombros como si hubiera recibido un shock eléctrico. Opción incorrecta, pienso. Tendría que haber elegido el juzgado. Aun así, me planto. Las cartas están echadas, y esto me da libertad, una libertad que voy a aprovechar cueste lo que cueste. Es mi momento. Lo siento en las uñas, en las raíces del pelo y en el fondo del vientre. Entonces, tomo una bocanada de aire para hablar. Y en los pocos segundos que tarda en llegar a los pulmones, se despliegan en mi frente, como si fuera una pantalla panorámica, los infinitos pormenores de la vida que llevé hasta hoy.

# 2

Mi semblanza, como la de muchos, nace de relatos ajenos. Arranca con escenas que no viví y que proyecto desde siempre con mi fabulosa imaginación: Fiesta Patronal en Gahan, provincia de Buenos Aires, 1965. La gente salía de la iglesia y celebraba en la calle. Carne asada, guitarras y vino. El pueblo, con sus mejores galas, dispuesto al festejo. Algunos paisanos, los más huraños, se hacían ver encima de sus matungos. Andaban serios, con cara larga, como ofendidos. Los caballos, inmóviles de toda inmovilidad, parecían molestos. Picados por un malhumor cerrado, idéntico, en algún punto, al de sus jinetes.

A doce kilómetros, en plena pampa argentina, otras personas hacían su fiesta. Estaban en el casco de La Fortunata. Cuti Bosch, el dueño, había sacrificado un novillito para garantizar calidad. Los invitados, no más de cincuenta, andaban de acá para allá, copa en mano, bajo un sol benigno. Cuti había dispuesto una mesa larga bajo los árboles frondosos. Varios peones se ocupaban del fuego. En el living de la casa, una construcción de fines del siglo XIX, cuatro hombres tomaban whisky. La idea había sido abrir la jornada con un aperitivo liviano –un vermut, algún fernet con soda o una hesperidina–, pero cuando de la nada apareció una malta escocesa, todos cambiaron de opinión. De los cuatro, interesan dos. Uno, Enriquito, por descendiente de Hilario Lagos, el héroe de la batalla de Caseros; el otro, Alfonso Kendell, cuyos antepasados crearon junto al general Roca el Partido Autonomista Nacional, porque algunos años después de aquel día se convertiría en mi padre. Hablaban de polo, un abierto al que ninguno había ido. Después, evaluaron los precios de los caballos del haras de Sebastián Dutroc. En este punto, el que iba a ser mi padre tomó la posta. Sabía del tema y se dio cuenta de que sus compañeros hablaban por hablar. Alfonso Kendell –veinticinco años recién cumplidos– tenía los ojos grises, y en ese rasgo fundaba su determinación; además, ese color le sumaba astucia a su personalidad, detalle nada desdeñable en un hombre de campo.

Ahora, el enojo lo desbordaba. Se remangó la camisa y apoyó los antebrazos en las piernas. Estaba acostumbrado a ser escuchado. Cada tanto, revoleaba un brazo como si espantara una mosca. Los otros entendieron el gesto. Si no había acuerdo, la cuestión podía irse de las manos. La disputa empezó por una pavada: el precio de un caballo. Pero ya nadie se acordaba de eso. Jamás se pelea por un motivo claro, se discute para sacarse el aburrimiento, para expulsarlo a como dé lugar. Esa es la verdad. Y mi padre la conocía bien. Por eso estaba como estaba.

Los otros invitados escucharon los gritos y miraron la escena a una distancia prudencial. Entre ellos, había una chica con el pelo recogido en un rodete. Se paraba en puntas de pie para ver mejor. Conocía a Alfonso de chico. Nunca había hablado con él, pero tenía todas las referencias. Se fijó en el mechón de pelo que le tapaba el canto de la oreja y en la vena que le cruzaba el cuello. Esa particularidad la desequilibró, no pudo volver a mirarlo con los mismos ojos. Cuando todo pasó –porque el episodio no duró más de veinte minutos–, los contendientes terminaron el whisky y salieron a airearse un poco.

Kendell se acercó a los peones y les buscó charla. Entonces, la chica del rodete, Elizabeth Santamarina, pensó que era el momento de conocerlo. Le preguntó una tontería sobre la duración de un chukker. Él respondió con frialdad, todavía alterado por el episodio del living. Pero durante del almuerzo, se entendieron a tal punto que Alfonso, con toda naturalidad, le propuso seguir la charla después del asado. Elizabeth creía que el apuro rompía el hechizo de los vínculos, y se negó de plano. Había dado el primer paso, ahora le tocaba retraerse. Ese era el modo, ni siquiera la estrategia, el modo. Alfonso Kendell se desconcertó, no supo qué pensar. Entonces, para sacarse la confusión de encima, decidió irse en moto, una Bultaco mediana, al pueblo vecino de Salto. Como conocía la ruta y manejaba como los dioses, aceleró a fondo; pero esa vez, la suerte no estaba de su lado. Después de un bosquecito de chañares, pisó una mancha de aceite, perdió el control y chocó de frente con un algarrobo. Estuvo quince horas inconsciente. Cuando se despertó, no tenía un solo rasguño, pero había perdido la memoria inmediata: no se acordaba nada de lo vivido recientemente. Elizabeth, mi madre, según me dijo, tuvo la sensación de que esa vuelta del destino encerraba alguna enseñanza. Esperó que la vida volviera a su cauce. Y cuando eso ocurrió, hizo lo posible para que los detalles de la realidad encajaran con los de su fantasía.

# 3

La vida se organiza en círculos concéntricos y, en algunas ocasiones, en esas órbitas se repiten acontecimientos. En 1966, con el mismo motivo que el año anterior y con los mismos invitados, Cuti Bosch organizó otro asado. También sacrificó un novillo. Y, por supuesto, se volvió a producir una discusión por el mismo tema entre las mismas personas. En el cuello de Alfonso Kendell, como no podía ser de otra manera, se inflamó la misma vena. En este mundo, todo lo importante pasa en octubre, habrá pensado mi madre. Entre Alfonso y ella se dio el mismo entendimiento, pero a diferencia del año anterior, siguieron la charla en un cortijo que mi padre tenía en un campo familiar, frente a una aguada. Era un rancho con un fogón inmundo en el que, a la mañana siguiente, calentaron agua para el mate.

Mi madre contó que le quedaron dos recuerdos de aquel momento. Uno fue la imagen de unos patos blancos, de alas cortas, que se zambullían en una lagunita cenagosa y que, cuando salían a la superficie, estaban igual de blancos y secos, como si el barro no pudiera tocarlos. Y el otro, un libro viejísimo que mi padre tenía en ese rancho y que se había puesto a leer ni bien había tenido oportunidad. Era una morfología latina. La usaba para entrenar la memoria. Se había obsesionado con las declinaciones. Las repetía a cada rato. Estaba seguro de que esa práctica lo preservaría de la amnesia que, como resulta obvio, era uno de sus terrores por aquellos años.

# 4

Al comienzo, la vida de mis padres era soñada. Su relación era tan fuerte que bendecía todos los proyectos que llevaran a cabo. Y cuando digo todos, me refiero a los que emprendían tanto solos como en pareja. Los imagino hermosos y atrevidos. Una dupla espléndida como las que se ven en las películas.

Mi abuelo materno, que era neurólogo y trataba a su mujer como a un paciente más, no vio con buenos ojos el romance y, como estaba acostumbrado a cortar por lo sano, quiso desalentarlo a cualquier precio. Una noche de carnaval, perdió la cabeza en una cena de la municipalidad de Salto y amenazó a mi padre con un tenedor. Pero hay amores que, por su locura, resultan imparables. El neurólogo, que no era zonzo, terminó por dar el visto bueno. Cambió de actitud un verano muy caluroso, el mismo —según contaba mi abuela— en que se incendió el galpón de Caprile. Hay que decirlo: la pareja estaba blindada. Por esos días, mi padre había recibido una oferta inesperada: un jeque árabe quería comprarle un magnífico caballo de polo que él mismo había criado. Era un animal liviano pero de cuerpo fuerte. Un corredor incansable. Mi padre, que amaba a ese caballo más que a nada en el mundo, pidió, literalmente, el doble de la oferta. Su idea era que la operación se cayera, pero el jeque estuvo a la altura de las circunstancias. Pagó lo que se le pedía y se llevó el animal a Abu Dabi.

Ese montón de plata era un espejo para mi padre. De alguna manera, había vendido su infancia. Cuando se trata de lo emocional, la parte vale por el todo. Tan incómoda le resultaba esa fortuna que se propuso despilfarrarla. Y en aquel momento, tuvo la mejor idea del mundo: invitó a mi madre a la Costa Azul a darse la gran vida. Como era de esperar, el necio de mi abuelo puso el grito en el cielo, pero ellos se fueron igual. Navegaron por el Mediterráneo en un yate, tomaron sol en Marsella y comieron corvinas asadas en el Flaveur de Niza. Cuando volvieron de Francia, alquilaron un piso en la calle Arroyo con vista al río. Estuvieron un año sin pisar Gahan hasta que mi abuelo se enfermó y no les quedó otro remedio que dar la cara. El viejo, consecuente con su profesión, contrajo Alzheimer. La evolución del síndrome fue insólitamente veloz. Se lo llevó en dos años y la familia sintió un enorme e inconfesado alivio. El estado de cosas –la viudez benefició y perjudicó a mi abuela en un mismo grado– hizo que mis padres se instalaran otra vez en el campo. Él volvió a los caballos, al forraje y a la llanura. Otra vez encarnó el papel de estanciero prepotente que tan bien le quedaba. En ese momento, se casaron. Ocho meses más tarde llegué yo a este bendito mundo.

# 5

El campo es barbarie. Viví hasta los doce años en el casco de La Circunstancia, propiedad de mi padre. El lugar es infinito y desolado. Está en el medio de la pampa y hay perros por todas partes. En esa época, había una jauría fija que se renovaba con los cimarrones de tierra adentro. Estos bichos aparecían de la nada. Brotaban de la tierra misma y eran feroces; sin embargo, no tardaban en integrarse al orden doméstico. Al principio, se mostraban huraños y ladinos, mordían a los peones y a los otros perros, pero una vez que recibían la primera comida –toda la basura de la casa–, entraban a la rutina de la estancia como por acto de magia.

Había personal de sobra. Los peones iban y venían con rastrillos, azadas y lecheras de latón. Eran obedientes por iniciativa propia –bajaban la cabeza cuando se les hablaba–, pero sobre todo porque mi padre tenía una poderosa voz de mando. Vi hombres de dos metros venirse abajo cuando Alfonso Kendell les ponía la palabra. Joven, de brazos gruesos, casi pendenciero, era un espléndido modelo de hacendado. Mis abuelos paternos, por aquellos años, se habían mudado a Barcelona y habían dejado todo en manos de Alfonso. Su hermano, mi tío Franchu, se había radicado en Bruselas. Era arquitecto. Se entretenía ideando ciudades perfectas mientras cobraba puntualmente sus prebendas. A mis abuelos los había visto pocas veces; por eso, cuando se murieron repentinamente –los dos al mismo tiempo en un accidente absurdo– no sentí en absoluto la pérdida. Lo único que me afectó de aquella tragedia fue ver a mi padre llorar desconsoladamente.

Vuelvo a la estancia; mejor dicho, al cuerpo de la estancia. La cocina era el corazón. La recuerdo amplia, limpia y ordenada. No había nada en ella –las maderas, las losas y el metal– que no tuviera una utilidad. Por la ventana que daba a los eucaliptus entraba siempre el sol de la mañana, un prisma de mil rayos que perforaba el vapor de las ollas. Las responsables de aquel dominio eran dos mujeres. Andaban siempre atareadas: pelaban papas, cortaban carne y preparaban flanes descomunales. Un guiso, en aquel lugar, era mucho más que un rejunte de carne y verduras. Mi padre siempre había sido exigente con el sabor de los platos. Guardo una imagen suya: saborea un goulash hecho por una húngara cuyo abuelo había sido conde y que, por los avatares de la guerra, había terminado en este país.

Pero como dije, el campo es barbarie. Cualquier refinamiento se desvanecía ante la brutalidad de la pampa. Una vez, tres peones estuvieron medio día martirizando un chancho. Lo ataron a un poste y el animal, desesperado, daba vueltas en círculo. Cuando pasaba cerca de ellos, le daban un palazo, pero se cuidaban de no lastimarlo para que la diversión durara. Al mediodía se aburrieron y Chaine, un peoncito de boina, sacó un cuchillo de mango de asta y le vació los ojos al bicho, que chilló como un chico y salió disparado a cumplir su vía crucis. En la vuelta siguiente, lo degolló de un tajo. Vi esa escena en plena niñez.

Le pregunté a mi padre por qué no había intervenido y me dio cualquier excusa. Entendí después que esa crueldad era una exigencia del medio. Vivíamos sometidos a una ley natural. El mal era un reflejo, una memoria colectiva.

En otra ocasión, se pelearon dos paisanos. Uno le rompió la cabeza al otro con una pala pocera. El cerebro quedó tirado en el pasto, y los perros, ni cortos ni perezosos, aprovecharon el revuelo. Olieron al muerto y ni bien pudieron, se llevaron los sesos. La policía llegó en dos camionetas. Los peones habían encerrado al asesino en el galpón de forrajes. El comisario, un borracho degenerado y panzón, estaba tan furioso –la víctima era compadre de su mujer– que, al ver a la jauría enardecida, sacó la pistola y, en el momento en que amartilló, mi padre lo paralizó de un rebencazo en el pecho. Hay cosas que hoy me resultan inconcebibles. El campo, literalmente, es un pandemonio.

# 6

Ser hija única es una catástrofe. La adultez lo vuelve tolerable, pero de chica resulta espantoso. Yo, por lo menos, lo viví así y eso es lo único que cuenta. Mis padres querían tener varios hijos, pero cuando nací, el episodio fue tan traumático que variaron los planes: puerperio con hemorragias imparables. Llevaron a mi madre a la capital con una anemia galopante y la internaron en una clínica de Palermo. El recorrido lo hizo en una ambulancia. La acostaron boca arriba y ella, para aligerarse, se puso a mirar por la ventanilla los árboles de la ruta, tan efímeros que parecían todos el mismo. Sin dudas, esa imagen se convirtió en síntesis de su angustia. A tal punto que la oscuridad se le metió en la sangre y le alteró el carácter. Por la convivencia, yo heredé esa negrura, pero nunca dije nada. Es sabido: los legados de sangre son siempre confidenciales.

La operaron los mejores médicos. La salvaron. Pero como siempre pasa, la vida tiene sus rodeos y, en este caso, hubo un giro desalentador: le sacaron el útero. Mi nacimiento le produjo daños irreparables, a qué negarlo; sin embargo, más allá de mi persona, no fue para ella un acto del todo adverso. En realidad, tuvo dos ventajas. Una fue la impresionante palidez de su cara, que resalta hasta el día de hoy su belleza. La otra tiene que ver con el vínculo que nos une. Nuestra relación es compleja, de odio por momentos, pero absolutamente firme. Estamos unidas por un nudo indisoluble, mucho más fuerte que el biológico. Mi madre y yo somos la misma cara de la moneda. Sabemos de lo que la otra es capaz. Esta conciencia es un talismán, un amuleto, algo que nos abriga frente a los males de este mundo.

*

En La Circunstancia había cinco personas clave. Las dos primeras eran las cocineras: Celestina, vieja y con la espalda curva, y Cristela, joven, huesuda y boba. Todo el mundo le contaba mentiras que ella se creía al pie de la letra. Su compañera la ignoraba por completo. Y cuando le hablaba era para darle una orden. Las dos trabajaban como esclavas. En invierno, comían mandarinas arrimadas al fogón. Tenían las manos percudidas y llevaban en la piel el olor de la cocina, que no era feo en el ambiente, pero que en ellas se volvía insoportable. Otro personaje fundamental era Diego Garza, un español de Zaragoza que estaba a cargo de los peones. Se peinaba con agua y era bizco. Este defecto, lejos de perjudicarlo, le servía para estar en todos lados al mismo tiempo. Garza era severo, muy severo. Cuando un peón hacía alguna jugarreta, lo tomaba como un asunto personal y se volvía un demonio. Insultaba hasta la afonía. Se le erizaban los pelos de la nuca y le salía vapor por la boca. En la zona decían que le había arrancado la oreja a un campañista de un mordisco. Ese cuento me impresionó mucho, pero nunca supe si fue real. En el campo se exagera. Mi padre, sabiamente, decía que en las zonas rurales nunca hay que creer en los rumores.

Completan el grupo los mellizos Huanco, hijos de un tucumano muerto de hambre que se los dio a mi abuelo para que los criara. Los Huanco eran idénticos: cuadrados, retacones y sucios. En el pueblo, no había quien los distinguiera. Andaban con sombreros de plato redondo y pañuelitos al cuello. Los dos tenían bigotes ralos, doce pelos de cada lado, y hablaban a los gritos. Uno se llamaba Hilario; el otro, Donato. Insólitamente, compartían la monta: una yegua castaña que cuidaban como a una hija. Donato trajo una inesperada y enorme desgracia a la familia, pero antes que eso –aunque me cueste, tengo que reconocerlo– me salvó la vida.

Una mañana, yo tendría cuatro años, me acerqué a la lagunita que había cerca de la casa para acariciar a unos pichones de ganso. Antes de que pudiera tocarlos, la madre se me vino encima. Corrí asustadísima con mis piernitas cortas, pero la gansa me alcanzó enseguida y me volteó. La mala suerte fue total, se le enredaron las patas en mi pelo y el bicho se asustó más que yo. Me empezó a picotear y me abrió un tajo en la pera que, con el tiempo, tornó en esta cicatriz que tengo ahora. Cuando creí que me mataba, Donato me la sacó de encima. Agarró al pájaro del cogote y lo azotó varias veces contra el piso. Yo quedé bañada en sangre. Aquel episodio hizo que, a esa cortísima edad, entrara en otra etapa. No estoy diciendo que perdí la inocencia, pero seguro dejé de ser la nena que era. El daño se me metió en la cabeza como una variable concreta. Ser objeto de un odio así, tan puro, tan legítimo, me despertó a otra vida, una mejor, más verdadera.

## 7

Gahan terminaba de golpe: se cortaban las calles y empezaba el llano. No había transición entre un lugar y otro, pero eran regiones bien diferentes. En el campo, por ejemplo, la tierra era pesada y llena de vida; en el pueblo, en cambio, esos mismos terrones bravos –como le gustaba decir a mi padre– se convertían en polvo gris. Mitre, la calle principal, tenía siete cuadras comerciales. Había mercerías, tiendas de ropa blanca, panaderías, almacenes y una farmacia bien abastecida en una ochava. Después –hacia los cuatro puntos cardinales– se levantaban los barrios de casas bajas y, de pronto, con un límite bien determinado, la nada.

Al oeste, en plena llanura, se abría una zona colmada de calabazas grandes y rugosas mezcladas con el yuyal. De esas matas, cada tanto, nacían flores útiles para curar el empacho. Por esos lados, había también un senderito que desembocaba en un galpón. Según los vecinos, en ese lugar había funcionado la Cooperativa Agraria y, cuando se disolvió la sociedad por desavenencias entre los miembros, se usó para alojar animales: conejos, gallinas, algún burro. Los atendía Bartola, una mujer que me daba terror. Tenía la nariz chata, como aplastada, y el culo enorme, completamente desproporcionado con su cuerpo flaco. Ya de adulta, supe que Bartola era diabética y que le tuvieron que cortar un pie. Renga y todo, trabajó en el galpón hasta que se hizo vieja. Recién en ese momento, aceptó mudarse al pueblo. Medio de favor, la emplearon en la fonda como ayudante. Según me fui enterando –mi madre largaba la información a cuentagotas– su vida fue apacible, y el año pasado, a sus noventa y tres, murió en la puerta de su casa, sentada en una silla enana que, en la última etapa, ocupaba casi todo el día.

Cuando yo era chica, con mi abuela rodeábamos el galpón de Bartola y seguíamos a pie, cerca de dos kilómetros a campo traviesa. En ese trecho, no sé por qué, me imaginaba que nos atacaba un malón: querandíes a los gritos sobre caballos desbocados. La escena estaba fija en mi cabeza, y mientras avanzábamos por el pastizal –las pantorrillas de mi abuela eran fuertes, de musculatura marcada–, se volvía más y más nítida hasta que el terror me hacía llorar. Mi abuela, afligida ella también, me acariciaba el pelo con una dulzura infinita. Caminábamos las dos muy calladas y un poco tensas: íbamos a visitar a una bruja. Era una persona extrañísima que, según decía todo el mundo, tenía poderes para curar enfermedades. Su cara era la más arrugada del mundo, y sus ojos, rayas que, a pesar de la estrechez, dejaban entrever dos iris vivos, negros y voraces. No tenía nombre. O, por lo menos, yo no lo conocía. Le decían la Vieja o la Negra o la India o la Bruja. Mi abuela la trataba con una marcada indiferencia. De esta forma, le hacía saber que usaba sus servicios, pero que, en el fondo, nosotros éramos de otra clase y no necesitábamos nada de ella. Como el resto del pueblo, le pagábamos con comida, con animales o con cualquier cosa que nos sobrara. Su rancho, en consecuencia, era un caos de bichos y de trastos viejos. Nos recibía en un patio, bajo una parra que nunca vi florecida. La Bruja estaba completamente chiflada. Tenía una pelambre blanca, compacta y espinosa. Todos la toleraban porque, como es sabido, la desgracia ajena, por contraste, tranquiliza. En Gahan, como en la mayoría de los lugares del universo, se creía que el loco era responsable de su mal: se descontaba la existencia de un acto disparador de la insania. De la Bruja se decía que había cruzado animales de distintas especies. Su enorme gato blanco había fecundado a una comadreja. Las crías habían nacido con manchas rojas y grises, y maullaban. Contaban también que la Bruja se había comido la camada entera, y que le gustaba la carne mixta porque, según decían que ella había opinado, era dulce como la miel.

La última vez que la vi fue la semana que cumplí ocho años. Tenía un horrible dolor en el ojo derecho y el médico de Salto no había podido hacer nada para calmarme. Mi abuela me llevó a la Bruja en secreto –mis padres se habrían negado– y la mujer me dio un emplasto oscuro que parecía diarrea. Tenía un olor espantoso, pero el tratamiento terminó siendo efectivo: dos días y estaba curada. Como somos gente de bien, volvimos a pagarle. Recibió con indiferencia las chucherías que le llevamos y nos ofreció asiento. Después, se olvidó de nosotras y, con mucha ceremonia, se puso a armar un cigarro. Cuando volvió a registrarnos, me pidió que le extendiera la mano. Estudió la palma y, sin que nadie se lo pidiera, me predijo el futuro. El destino iba a cambiar en mitad de mi vida. Dijo: Castigo. Algo resultaría malo para todos. Dijo: Muy malo. La abuela, que al principio la escuchó con atención, en este punto la detuvo con un gesto y se paró de golpe. Le pidió que se dejara de decir pavadas. Dio media vuelta –me tenía agarrada de la muñeca– y nos fuimos muy ofendidas. Desandamos el sendero a los tropezones. Mi abuela renegaba contra la Bruja, yo flameaba a sus espaldas. Es una maleducada. Quién se cree que es, esta mendiga, para decirnos a nosotras lo que nos espera, decía y largaba una lluvia de saliva. En aquel momento, no entendí por qué le afectaron tanto las palabras de la Bruja. Hoy pienso que actuó así porque creyó en la certeza del vaticinio. Desde aquel día, claro está, no se volvió a hablar de aquella pobre mujer. Y por eso cuando, varios años más tarde, protagonizó ese episodio insólito sobre el que nadie, absolutamente nadie –ni la Iglesia ni la policía ni la ciencia– pudo dar una explicación sensata, las dos nos quedamos sin aliento y, estoy segura, recordamos su profecía y le dimos un nuevo valor.

# 8

Había días, en la niñez, que sentía que me estaba por pasar algo. Era horrible. Más tarde, supe que ese estado se llama ansiedad y se regula con pastillas. De chica, me ocurría de tanto en tanto. Se acentuó cuando mi madre se fue a Europa. Mi abuela se encargó de cuidarme, y se esforzó muchísimo para disimular la ausencia de su hija. Armó un personaje, y en las vueltas de la ilusión perdió su verdadera cara, entrecejo fruncido, mentón en punta, mejillas flacas. Además, se colgó una cadenita con la Virgen de Lourdes. Había leído su historia en la revista *Selecciones* y se había fanatizado. Pero esa devoción no le impedía ser despótica con todos, salvo con mi padre. A las cocineras, por ejemplo, las tenía en el aire. Un sábado cambió tres veces el menú de la cena. Celestina, que parecía aburrida del mundo, se encogía de hombros y obedecía sin chistar. Pero la otra, la jovencita, se volvía loca. Mi abuela le gritaba para hacerla reaccionar. Una vez, la pobre Cristela, de puro nerviosa, se abrió un tajo en el dedo con un cuchillo. Vi la sangre sobre una papa pelada y casi me desmayo. En La Circunstancia, el maltrato era el lubricante de las relaciones. La ternura era sospechosa, muestra de debilidad o signo de estupidez.

La escuela me ayudó a aguantar el disgusto de esa época. Tengo fija en la cabeza la imagen de mi maestra de cuarto grado –ojos grandes, boca un poco abierta–, en los recreos, apoyada en la tranquera, con un cigarrillo largo entre los dedos, como si estuviera en Champs Élysées. Clavaba la mirada en la lejanía. El humo subía al cielo en una columna delgadísima. Era una mujer elegante. Usaba polleras tableadas que el pueblo criticaba con ferocidad, pero que ella llevaba con enorme distinción. Estaba muy por encima de todos. Trabajaba con sensibilidad, calidez y empeño. Fue la primera persona en mi vida que escuchó las zonceras que tenía para decir. Además, en el colegio conocí a mis amigas del alma, Lorena y Orla Mooney. A la tardecita, nos juntábamos a tomar té de manzanilla y a imaginarnos vidas posibles. Aquella primavera, estábamos con el futuro en la cabeza. Fantasía simple, medio estúpida, pero buen remedio ante la enfermedad del campo. Las tres, para sobrevivir, habíamos negado mundos. Y esa experiencia, aunque nos pasara desapercibida, era el secreto de nuestro vínculo. Otra cosa que disfrutábamos era peinarnos. Pasábamos horas arreglándonos el pelo. Lorena lo tenía castaño, lacio y fuerte. Con Orla, le hacíamos trenzas que terminaban en rodetes justo encima de las orejas. Era la forma que habíamos encontrado para darnos placer. Terminábamos completamente movilizadas. Y como no sabíamos cómo salir de ese estado, íbamos a la cocina a desquitarnos con Cristela. La obligábamos a hacer cosas. Le decíamos que, si se negaba, le íbamos a pedir a mi abuela que la castigara. Se convirtió enseguida en nuestra esclava. Al principio, solo le pedíamos que nos cocinara, que nos hiciera postres, pero después nos animamos a más, mucho más. Una vez, metió la cabeza en el bebedero de los animales. Otra, la hicimos orinar a la vista de todos.

La primera semana de octubre, mi padre tuvo otra vez noticias de Abu Dabi. Noté que las cosas, en la vida, se duplican. Ahora, fiel a ese orden, aparecía de nuevo el millonario árabe. Lo que también me resultó claro fue que, en cada vuelta, se agregaba un manojo de variantes propias. Esta vez, de hecho, el caballo que eligió el jeque fue uno que mi padre tenía reservado para mí: Laureana, una yegua color arena que yo amaba. Por eso me enojé tanto con él, y no me alcanzaron las explicaciones cuando se la llevaron. Dijo que los negocios estaban por encima de cualquier cosa. Nunca lo había oído hablar de forma tan descarnada, pero con los años entendí que mucho de lo que se dice tiene que ver con condicionamientos externos y no con lo que de verdad se piensa.

Mi papá no podía soportar verme enojada. Por eso me invitó a ir con él a Buenos Aires. Tenía que hacer trámites y le pareció que nos podíamos quedar un par de días solos. Fue el mejor viaje de mi vida. Salimos de noche y vimos el amanecer en la ruta. El sol iluminó el campo, que empezó a vivir de inmediato. Vi el perfil de mi padre y supe que estaba completamente segura. Nos hospedamos en el Alvear. Casi me desmayo. Desde la ventana de la suite se veía la basílica del Pilar. A la tarde, salimos a estirar un poco las piernas. Llegamos a la avenida Santa Fe casi sin darnos cuenta. Y con el mismo impulso ciego, nos metimos en un negocio y compramos un vestido de cuello redondo. Enseguida nos fuimos a paso rápido a La Rambla, bar en el que, dos décadas más tarde, se jugaría mi destino. Mi padre, esa vez, se encontró con un tipo que me intimidó. Para distraerme, observé el decorado: vigas de cedro en el cielo raso, cenefas con volutas de yeso, barra de madera lustrada. Cuando el hombre se fue –la reunión fue insólitamente corta–, noté que a mi padre le había cambiado el ánimo. Estaba triste, con los hombros vencidos y los ojos apagados. No le dije nada para no echar más leña al fuego, pero me di cuenta enseguida. Fue la primera vez que sentí que era más fuerte que él, cosa que, por una parte, relativizó mis convicciones y, por otra, asentó las bases de mi personalidad.

# 9

En el viaje de vuelta, nos detuvimos en una estación de servicio y, cuando fui al baño, me encontré con una mancha de sangre en la bombacha. Había llegado a la pubertad. Desde hacía un tiempo venía buscando cambios en mi cuerpo que según el resto del mundo eran inminentes. Mi primera menstruación me tomó por sorpresa; sin embargo, reaccioné rápido. Fabriqué un apósito con papel higiénico y me lo acomodé entre las piernas. Después, frente al espejo, me solté el pelo y salí al playón como si fuera Raquel Forner.

Mi padre tomaba una coca bajo un sauce. La chomba le quedaba al cuerpo y su cara estaba hermosa, dorada y quieta. Era evidente que había salido de la oscuridad. Esta imagen resultó de suma importancia para que yo afrontara serena la adolescencia. El cielo, de golpe, era un techo sobre los árboles. Gris, amenazante. Y el aire, la electricidad del aire, hacía que las horas parecieran minutos. Mi papá descartó la botella en un tacho y seguimos viaje. Si hubiera sabido que aquel momento, con los años, se convertiría en un recuerdo amado, me habría esforzado por retener más detalles, pero como esas cosas nunca se saben de antemano, me quedé con los que pude rescatar.

A la semana, llegó mi madre. Estaba más gorda. Unos pocos kilos, pero el cambio era evidente. Se fue jovencita y volvió señora. También estaba más habladora. Arrancaba con un tema y pasaba a otro, y después a otro, en una serie infinita. La escuchábamos y moríamos de aburrimiento. Pobre mi madre. Había retornado muy sensible. A cada rato miraba a su marido y con los ojos llorosos le decía que lo amaba, que no entendía la vida sin él, pero el destino, caprichoso como es, le tenía reservado un revés inesperado. En aquel momento, sin embargo, estaba todo en orden. De Europa, me había traído una montaña de regalos: vestiditos de poliéster, sandalias con tiras de tela, *bijouterie* al por mayor y una muñeca habladora que fue mi felicidad por un par de años. Era articulada, con ojos redondos y un rubor delicadísimo en las mejillas. Yo estaba grande para muñecas, pero seguí jugando con ellas hasta entrados los trece.

Mi padre, que estaba exultante, organizó una fiesta para agasajar a su mujer. Invitó a alguna gente de la zona y dispuso las cosas para que la noche fuera inolvidable. Contrató una orquesta y a un cómico de Buenos Aires que le habrá cobrado una fortuna. El tipo vivía su minuto de gloria, pero a mí me pareció un grosero. Contó chistes idiotas, uno tras otro, y hacía gestos para ganarse al público. Se movía como un muñeco, brazos rígidos, cabecita bamboleante. Pero aquella noche, a la gente no le importaba nada. Todos respondían de acuerdo a lo esperado, salvo mi madre que sonreía con un costado de la boca, bien de compromiso. Mi padre, en cambio, estaba cómodo, aunque siempre conservaba una distancia. En ese momento, noté que no quería que nadie lo conociera a fondo. Es algo que, de alguna u otra manera, nos pasa a todos, pero en él tenía más fuerza, era como una voluntad, una fuerza defensiva.

Empezó a tocar la orquesta y me mandaron a dormir. Imperdonable. No hubo forma de hacerlos ceder. Le pidieron a mi abuela que me acompañara. No era común, pero como ese día habían caído las rutinas, pensaron que necesitaría asistencia. Mi abuela se quedó hasta que fingí dormirme. Después, se fue a su cuarto, que estaba pegado al mío. A los diez minutos, roncaba como un lirón; pero antes, como todas las noches, cumplió su rutina de higiene. Escuché el ruido del orín contra la losa del inodoro. Aquella vez, yo estaba convencida de que no iba a pegar un ojo en toda la noche. El ruido de la fiesta era insoportable. Por eso, quizás, la cabeza se me llenó de ideas zonzas. Pensé, por ejemplo, que con ropa éramos personas, pero desnudos no. Cosas así, imposibles de imaginar en estado de lucidez. Intenté serenarme, recurrí a un método que me había enseñado mi madre. Conté los días que faltaban para mi cumpleaños, actividad que me hundió de inmediato en un sueño profundo.

Abrí los ojos y un rayo de sol partía el ropero en dos. Salté de la cama y salí al pasillo. Estaba alegre, medio atolondrada. La puerta de la habitación de mis padres permanecía cerrada, así que volé para la cocina. Celestina batía claras de huevos. Cristela pisaba papas. Se movían en diagonal, como los teros cuando les amenazan el nido. Les pregunté sobre la noche y se hicieron las distraídas. Había pasado algo, era muy claro, y no querían ser ellas las voceras.

Desayuné a las apuradas y me fui a buscar a Chaine, el peoncito, que además de cruel era bocón. Me midió de arriba abajo, se acomodó la boina y después de dar mil vueltas contó que Diego Garza, el capataz —el Bizco, lo llamó él—, se había pasado con el vino y, como no tenía costumbre de tomar, se había desmayado. Al rato supe que esa versión era incorrecta. Mi padre dijo que Garza estaba enfermo, muy enfermo. Había perdido el conocimiento y les había costado reanimarlo. Lo habían llevado de urgencia al hospital de Salto y permanecía internado. Con los meses, esta historia siguió y se volvió cada vez más extraña. En el pueblo, los médicos estudiaron a fondo al capataz y, como no supieron qué decirle, lo mandaron a la capital. Anduvo de clínica en clínica hasta que alguien, después de muchos estudios, dio en el clavo con el diagnóstico. Era una enfermedad rarísima, nunca vista. Y de ahí en más, aunque parezca raro, su vida mejoró de una manera asombrosa.

# 10

*La dama del armiño*, de Leonardo. En ese óleo, Cecilia Gallerani, la modelo, entrega lo mejor de sí. Y su ofrenda –eso está clarísimo– es recíproca con la del pintor. La fuerza del cuadro tiene que ver con los dos. Da Vinci era responsable de los trazos y Gallerani, de brindar algo que ni ella misma sabía que tenía. Este cruce es esencial para que la obra entre a la historia de la pintura. Después de ver mucho arte, entendí que la concesión del modelo no tiene que ver con que sea humano. Si Leonardo hubiera usado manzanas, por ejemplo, habría ocurrido lo mismo: las cosas también cooperan con el artista. Está en él acercarse, demandar el apoyo. La historia del arte es el relato de ese acuerdo.

De pura casualidad, de chica, distinguí la primera señal de esta idea. Mi maestra, la de cuarto grado que, además, era responsable de Actividades Prácticas, organizó una excursión. Nos llevó a una granja y nos pidió que representáramos el entorno. Orla Mooney apareció con una caja de lápices Faber-Castell de setenta y dos colores. Lorena, no sé por qué, vino sin nada. De mala gana, le presté mis témperas. Por lo general, todos mis compañeros bosquejaron animales. Orla dibujó una vaca de patas flacas, completamente ridícula. Yo pinté un árbol que descubrí detrás de una cerca. Cuando la maestra vio mi trabajo, puso mala cara. Se le marcaron las ojeras. Parecía sorprendida. O preocupada. Sí, mejor, preocupada. Me llamó a un lado con un gesto. Yo fui con el corazón en la boca. Me dijo que había logrado captar la médula –así dijo: la médula– de ese árbol. Me acarició como hacía años que mi propia madre no lo hacía, y aseguró que yo tenía la mirada de un artista. Sonreí con mucha vergüenza. Ella, entonces, hizo el silencio más largo de mi vida. Y lo interrumpió con una pregunta: cómo había hecho para lograr algo así. Tardé en procesar la respuesta. Varias décadas, supongo. Así funcionan las cosas en mi cerebro. Esa vivencia, estoy segura, fue crucial. En realidad, la actividad que ejercí hasta ayer, aquello con lo que me gano la vida, se selló con aquel intercambio. Mi cabeza de nena era un volcán. La curiosidad me ardía. Sufría urticaria, sudor inguinal, irritación en los párpados. En aquel momento, más que ahora, aceptaba el destino con determinación. Aprovechaba mi soledad de única hija para indagar sobre lo que me interesaba.

*

Mi padre andaba con sus caballos: las vitaminas, los petiseros, el vareo. Me lo cruzaba en la cena. A mi madre, por su parte, se le había dado por los idiomas, sobre todo, el francés, la oralidad del francés. Se quedaba semanas enteras en Buenos Aires. Tomaba cursos y se juntaba con amigas. Su vida eran la Alianza, la moda y pocas cosas más. Yo disfrutaba del retiro, pero también estaba confinada a un cepo: mi abuela, que me contaba siempre las mismas historias y, lo peor de todo, me obligaba a dormir siestas interminables. Salvo esa desgracia, la vida era grata. Andaba siempre suelta, nadie me ponía freno. Cumplía una única premisa, ir a la escuela. Mi padre me llevaba muy de vez en cuando. La responsabilidad recaía en Diego Garza, que me esperaba siempre sentado en la chata. Tenía la cabeza cuadrada y esa particularidad destacaba su bizquera. Garza me llevaba a la mañana y me iba a buscar al mediodía. En el trayecto, íbamos cada uno en su mundo. No teníamos artimañas ni doble fondos. Escuchábamos los ruidos mecánicos y el traqueteo del camino, nada más. Garza clavaba sus ojos desviados en el parabrisas. A la vuelta, exactamente a las 13.10, pasábamos por la puerta de una peluquería y yo siempre veía la misma escena: el encargado que vaciaba una escudilla con agua y espuma en el desagüe de la vereda. Cumplía la tarea con responsabilidad, pero se notaba que la consideraba una humillación.

Cuando Garza enfermó, a mi padre no le quedó otra alternativa que llevarme él. Íbamos a los apurones, salíamos siempre tarde. Agarraba las cunetas a toda velocidad y la camioneta saltaba por el aire. Yo llegaba agitada, pálida y con el desayuno en la garganta. A veces, me pasaba la mañana entera descompuesta. Orla Mooney y Lorena me miraban con desconfianza.

La puntualidad nunca fue el fuerte de mi padre. A la salida, tenía que esperarlo bajo un sauce, sentadita en un tocón. De todas maneras, me entretenía. Calcaba mapas y conjugaba verbos. Mi padre llegaba, invariablemente, agarrándose la cabeza. Culposo como era, me invitaba a comer a una fonda en la que lo adoraban. Esta etapa duró un mes, porque él, conocedor de sus límites, buscó un reemplazo.

Hubiera servido cualquier peón, pero cuando se presentó el dilema, Chaine era el que estaba a mano. Igual que Garza, me esperaba al volante. Arisco y sucio, con la boina sobre los ojos. Empezaba el día con un cigarro, era claro por el olor que dejaba en la cabina. A Chaine le gustaba escuchar la radio. Se reía de las propagandas y de la música. No se tomaba nada en serio. Nada. Era bueno al volante, pero prefería andar a caballo. Se comunicaba, sobre todo, con la cabeza. La movía para arriba y para abajo como los burros.

Una mañana, con total naturalidad, me apoyó la mano en la rodilla. A los dos días, la metió bajo el guardapolvo. Y a la semana se jugó el todo por el todo: corrió la bombacha con el canto del índice y me acarició despacio, con cierta delicadeza. Estaba tan desentendido de lo que hacía que, por unos segundos, dudé de que estuviera pasando. Al principio, sentí más curiosidad que placer. También un poco de asco. La secuencia se repetía cada tanto y yo evitaba pensarla. Me daba pudor. Se cortó de un día para otro y por casualidad. Chaine agarró un pozo y la camioneta se sacudió por el barquinazo. Yo fui a dar contra un parante. Me abrí la frente. Cuando llegamos a la estancia y mi padre me vio, casi se muere. Fuimos al médico a las apuradas. La herida era superficial, un rasguño, ni siquiera me dieron puntos. Eso nos apaciguó a todos, incluso a Chaine. Mi padre le dijo que no había problemas, que se quedara tranquilo. Los accidentes son cosa de todos los días, comentó. Pero antes de que pasaran dos semanas, con cualquier excusa, el peoncito salió eyectado de la estancia y poco después del pueblo. En quince días, como a los muertos sin familia, no había nadie en Gahan que lo recordara.

## 11

Un crítico escribió que Goya tradujo las videncias de un sonámbulo. Es una frase ingeniosa, pero nada más. Lo que importa es lo que generan sus obras. Una tarde, en la biblioteca de la estancia –habían pasado los años: yo estaba en sexto grado–, descubrí una revista dedicada a la serie *Los disparates*. Estaba entre dos tomos de una enciclopedia. Su violencia me fascinó y me aterró al mismo tiempo. Quedé obsesionada con Goya. De hecho, empecé a soñar con hombres con alas de murciélago, gigantes y clérigos cabezudos. Le conté a mi madre y me miró sorprendida, pero cuando entendió que mi manía era con la pintura, la cosa cambió por completo. Preparate: nos vamos a Europa, dijo. Tenemos que recorrer museos. Hay que ver pintura, mucha pintura. Fue la decisión más rápida que tomó en su vida. Yo salté de alegría. Para ella, el arte era riesgoso pero necesario. La entusiasmaba, sobre todo, el barniz de refinamiento que trae aparejado. Partimos en noviembre rumbo a Madrid. Yo estaba nerviosa o, mejor, agitada por el viaje, pero, en el fondo de mi corazón, lamenté perderme la fiesta de fin de año de la escuela. Orla Mooney –me enteré después– había estrenado un vestidito rosa que se le desgarró con un tornillo y se la pasó llorando el acto entero. Me divertí mucho imaginando la escena. Qué haríamos los humanos sin la desgracia ajena. Es oxígeno puro. Energiza, da fuerzas.

En el avión, mi madre se durmió enseguida, pero el sueño no le restó elegancia. Al contrario, resaltó sus labios y la sensualidad de su nariz. En los párpados, se le grabó una red de capilares que la confirmaron como reina. La fragilidad, en ese momento, para ella era un amparo. La cara, volcada a la izquierda, apenas iluminada por el resplandor de la cabina, tenía la arrogancia necesaria para enfrentar todo lo que se le pusiera por delante. Y cuando digo todo, me refiero a todo, incluida la vejez. Elizabeth Santamarina: invulnerable. El tiempo me demostró que estaba en lo cierto. Recorrimos seis ciudades, pero nuestro cuartel general estaba en París. El Prado fue Velázquez, Goya y el Bosco. En el Musée d'Orsay, una única pintura, la mejor, la exclusiva: *Les raboteurs de parquet.* En ese lienzo, Caillebotte destroza el realismo desde la entraña, y eso –que ahora nombro tan suelta de cuerpo, pero que en aquel momento era la intuición de una nena– me dejó de cama. Es más, la audacia que percibí en ese artista fue la columna de mi educación sentimental. Digo bien: no estética, sentimental. Con su pincel, me enteré de que cualquier cosa podía despertar pasión. Esta idea, lo entiendo bien, es simple, incluso estúpida, pero a los once años fue un enorme hallazgo.

La reina, mi madre, entraba a los museos de punta en blanco. Apreciaba mi curiosidad, pero había algo en el asunto que no terminaba de cerrarle. Quizás sospechaba que mi inclinación marcaba la tendencia a un futuro vicio. Por ese endiablado recelo se movía en las salas con cierto desdén. Miraba los cuadros a la distancia, desaprobando por anticipado. Sin embargo, estoy segura de que, más allá de su pose, llegaba al núcleo de la obra antes que cualquier erudito. Nada, ni el arte, se resistía a su ingenio de medusa. La primera semana de estadía, alguien nos recomendó una *patisserie* en la *rue* Censier. Como quedaba cerca del hotel, decidimos ir a pie. En el camino, escondido en una callecita, descubrimos un anticuario. Era un edificio gótico con una vidriera repleta de miniaturas orientales. Para mi madre fue la perdición: se enamoró de un pececito, un adorno de plata con zafiros incrustados. Regateó con el dueño, un tal Antoine. La charla se prolongó tanto que malogró nuestra excursión a la pastelería, pero mi madre –se frotaba las manos por el entusiasmo– terminó por comprar la pieza a un excelente precio. A partir de aquel momento, se despertó en ella una verdadera pasión por las antigüedades.

Un viernes de llovizna, en el café de l'Ours, nos encontramos, de pura casualidad, con un primo de mi padre, un tipo altísimo, Rodolfo Hottinguer. Yo lo había oído nombrar. Vestía ropa de príncipe y tenía un porte asombroso. Hacía cuatro años que estaba en París. Le contó a mi madre que la ciudad lo había transformado por completo. Ahora tenía otra vida con nuevos hábitos. Se había aficionado a la ceremonia del té, por ejemplo. Todos los días, se sentaba frente a la taza y educaba su paladar, acostumbrado, según él, a los amargores y la arenilla. Dijo que la clave estaba en la tetera. No era cuestión de usar cualquier recipiente. El peso de la tradición pasaba solo de los metales a los líquidos; en consecuencia, la porcelana quedaba descartada de antemano. Las palabras de Rodolfo tuvieron efecto en mi madre. A la mañana siguiente, volvimos al anticuario de Antoine a buscar un samovar. No los vendía, pero, con mucha deferencia, anotó una dirección en una tarjeta de papel kraft. Fuimos en un remís: el sitio quedaba en la otra punta de la ciudad. Una mujer idéntica a Agnès

Jaoui nos dijo que hacía dos años que no se cruzaba con un samovar que valiera la pena. Nos conectó con un anticuario de Ruan. En su estudio dimos con uno de gran valor histórico: su dueño, un médico ruso, había sido el fundador de la cirugía de campaña. Mi madre lo interpretó como un guiño del destino. Lo vinculó con su padre, el neurólogo, y no dudó en pagar lo que hiciera falta para llevarse aquella reliquia.

*

Volvimos a la Argentina cargadas de regalos. Mi abuela se había metido de cabeza en la cocina. Hacía dulce de durazno con Celestina y Cristela. Toneladas de dulce que envasaba en frascos de vidrio y le regalaba a medio mundo. Metían la fruta en canastos y dejaban que se pasara, después la hervían. Como es de esperar, la casa estaba llena de moscas, abejas y abejorros. Más que antes, que ya es mucho decir. Por esa razón, creo, compraron un desinfectante de amonio cuaternario. Amaba el olor de ese producto. También las charlas disparatadas de las cocineras. Y los zapatos del Dr. Scholl que usaba la abuela. De alguna manera, Europa me había servido para valorar mi entorno. El que estaba más huraño que de costumbre era mi padre. Nos recibió con una cena impresionante –le pidió a la mucama que acondicionara los candelabros– y se puso muy feliz de vernos, pero era claro que tenía la cabeza en otra parte. La excusa fue que había invertido en un padrillo y tenía un mal pálpito. Por eso, quería tener todo bajo control. Donato, el más hosco de los Huanco había armado un corral a metros de la habitación de mi padre, que tenía una fijación por escuchar al animal en todo momento. Era una locura. También había sembrado quinientas hectáreas de maíz. La inversión no era mucha, pero el emprendimiento lo alteraba. Sus ojos grises estaban distintos. Imaginé que el campo se le había metido en la cabeza, pero era otra cosa. En el fondo de su alma, sin que él mismo lo supiera, estaba tomando decisiones que alterarían la vida de todos.

*

Tarde o temprano los miedos se hacen realidad. Habían pasado dos semanas de nuestra llegada. Mi madre estaba abocada al samovar. Era una mañana de cielo nublado. Celestina le sacaba una astilla del dedo a Hilario Huanco. Usaba la aguja del matambre. Hilario estaba serio, indiferente, como si no le importara nada en el mundo, ni siquiera su propio cuerpo. Detrás de las caballerizas, una bandada de palomas silvestres alzó vuelo y, como si todo estuviera relacionado, Donato, el otro Huanco, salió del galpón, desbocado, con los ojos muy abiertos. En una mano tenía un juego de bridas; en la otra, una lata de barniz. En ese momento, un relámpago cruzó el cielo de punta a punta. Veinte segundos más tarde, se escuchó un trueno. Fue el prólogo de la tormenta que tanto mal traería a nuestras vidas.

# 12

Las nubes sobre la copa de los árboles. Había una rara persistencia en el temporal. A veces, aguacero. A veces, garúa. Duró un mes largo. O más: dos meses. Y casi todo el tiempo estuvimos sin luz. Eléctrica. Las chapas se cubrieron de óxido y el campo se volvió enemigo. No había lugar que no estuviera inundado. En realidad, la estancia toda era un lodazal. Acorde al clima, los caballos, con los ojos fijos y las orejas paradas, relinchaban grave, resoplaban. Eso trajo la lluvia, un desgano, una postración. Hasta las paredes se ablandaron. Se veía el revoque desparramado en el suelo. Los pájaros, antes siempre agitados y en bandada, desaparecieron de un día para otro. Así, misteriosamente. Cada tanto, se veía una lechuza o algún chimango perdido, pero nada más. En la laguna, los patos mudaron de color: los blancos pasaron a amarillos y los negros a ocre, como el tabaco recién curado.

Estábamos aislados. La estancia quedaba a doce kilómetros de la ruta y los caminos estaban anegados. Los Huanco, de puro aburridos, salían al campo. Se enfundaban en enormes capotes. Los perros, cada vez más perdidos, los acompañaban. Donato mandaba. El otro no tenía nunca voluntad para nada. Agachaba la cabeza y seguía a su hermano. Hablaba en voz baja, la mirada en blanco, los labios gruesos. Era raro verlos juntos, idénticos, pero tan distintos. Cazaban perdices o mulitas. Una vez, hicieron guiso con unos cuises que habían encontrado ahogados. La carne era dura y llena de fibra, pero decían que era más nutritiva que la de vaca. Me hicieron probar medio a la fuerza. Un bocadito, me ofrecieron. Vomité el día entero. Jamás en mi vida había saboreado semejante amargor. Mordí el desierto: una hiel. Más que asco me dio tristeza, sensación de final, de muerte. Eso fue lo que me descompuso.

*

A veces los Huanco rescataban ganado perdido. La tormenta había creado nuevas aguadas y los problemas estaban a la orden del día. Los charcos eran lagos y los caminos, ríos correntosos. No se sabía qué hacer con los animales. Se empeñaban en vivir, pero su medio los condenaba. Las vacas pasaban frente a La Circunstancia: panza arriba, las patas duras como mástiles. Yo las veía desde el living, reclinada en el sillón Chesterfield, mientras jugaba a las damas con mi abuela. Hilario y Donato, más embarrados que nunca, salían a ver qué encontraban en el agua. Si eran animales chicos, los enlazaban y los arrastraban a pulso. Los novillos, medio muertos, con los ojos desorbitados, dejaban hacer. Los subían en la caja de la chata y, si tenían marca, los devolvían a los dueños. Los bichos miraban el paisaje como si recién hubieran nacido. Era una pampa hostil, negra, de pesadilla. Más que un lugar, un estado de ánimo.

Los mellizos eran brutos como arados, pero no tenían un pelo de zonzos: las changas las cobraban bien cobradas. Y con eso compraban vino y se emborrachaban hasta la ceguera. Iban al rancho de un puestero, un tal Rayán, con las damajuanas a cuestas. Durante la inundación, hicieron tres salidas. Ninguna duró más de tres días, pero cuando volvían, rotos sobre sus matungos también rotos, estaban, por lo menos, diez años más viejos. Mi padre, por pura formalidad, reprobaba la conducta de los mellizos. A los gritos, como se debe. Un patrón está obligado a eso, pero se notaba a la legua que les envidiaba la indecencia. Después de aquellas excursiones, los Huanco tenían que reeducarse. Llegaban hechos al desierto, desconocían hasta la lengua. Se dejaban llevar, indiferentes y mansos, como el ganado. Levantaban la cabeza. Olían el aire. Andaban entre los perros. Era horrible verlos tan enviciados. A la tarde, se paraban frente a la casa. La abuela, entonces, con el ceño fruncido, salía y les encargaba cualquier recado. No quería tenerlos cerca.

*

Yo tenía varios pasatiempos: dibujaba con crayones, curioseaba una colección de maestros de la pintura y jugaba a las muñecas. Mi favorita era una de ojos redondos. La había bautizado Kenia por una yegua que mi padre amaba. A la semana del comienzo de las lluvias, una tarde, me senté a merendar con mi muñeca. Como era articulada, quise rotarle el cuello. Sin darme cuenta, forcé el mecanismo y me quedé con la cabeza en la mano. No hubo forma de metérsela de nuevo. Hice todo lo posible pero fue en vano. Completamente angustiada, le pedí ayuda a la abuela. Me ofreció una solución extraña: metió la cabeza de Kenia en el cuerpo de otra muñeca. Había diferencia de tamaño entre las partes. De todas formas, intenté dominar mis emociones y seguir jugando. No lo conseguí. Kenia había perdido la gracia, hasta el pelo se le había vuelto pajoso y enfermizo. El mundo era otro: nuestra intimidad se había evaporado. Este hecho, más el encierro obligado, me traumó. Mi intuición dispuso una acción categórica. Si quería sobrevivir, debía deshacerme de Kenia. La destrocé con un cuchillo de cocina y la tiré al campo. Oculté el episodio para ahorrarme las explicaciones; sin embargo, el disimulo me jugó en contra y terminé por despertar sospechas. Todos me miraron mal. Pero sobre todo mi madre. El enojo le duró una semana. Para evitarme, se encerró en su cuarto. Se pasaba la mañana en la cama. Leía novelas románticas, practicaba francés y comía porciones de torta que Cristela le llevaba en un plato de porcelana.

\*

Mi padre tenía la cabeza hundida en los caballos y en las quinientas hectáreas de maíz. No hablaba de otra cosa. A las seis de la tarde, pedía que le cebaran mate. Se sentaba en la galería y anotaba números en una libreta. A veces, llamaba al veterinario. Las charlas eran largas y, por lo general, lo enfurecían. El efecto se reflejaba en su cara. Se le paralizaba el ojo izquierdo. Parecía congelado en su órbita, fijo en un punto muerto. Solo el izquierdo, no el derecho, que, si bien era puro nervio, seguía con su actividad normal. Aquella época fue verdaderamente atroz, los infortunios venían uno tras otro. El universo parecía haberse salido de eje. Cada día, un contratiempo. Primero, le quebraron la pata a un burro y hubo que sacrificarlo. Después, le agarró el Mal de la Cruz a la tropilla. Daba lástima ver a los caballos tan enfermos. A los dos días, la peste pasó de los animales a la gente. Celestina y dos de los petiseros empezaron con síntomas. La mala racha parecía no tener fin. Por aquellos días, también, nos avisaron desde España que mis abuelos habían muerto en un accidente de tránsito. Mi padre se tiró en la cama boca abajo y estuvo dos días llorando. Todos creímos que se iba a volver loco, pero insólitamente logró salir de la angustia.

Después de este último episodio, pensamos que ya nada más podía pasar, pero un domingo, recuerdo que fue un domingo, llegaron noticias de Garza. Estaba en Buenos Aires, le habían hecho análisis. Los médicos no sabían qué pensar y el capataz temblaba. Tenía un tumor en el pecho, detrás del esternón. A los especialistas los admiraba lo rápido que crecía. Mi padre, cuando se enteró, se tapó la cara con las manos. Maldita desgracia, dijo. La lluvia, como siempre, caía y caía. En ese momento –no serían más de las dos de la tarde– alguien, cualquiera, algún peón, se puso a silbar. Yo, entonces, sin saber por qué, fui hasta la ventana como si obedeciera una orden. Abrí las hojas de par en par y entró el aire de la siesta. Vi charcos en el patio poceado. Vi un perro amarillo rascarse el lomo. Diego Garza se muere, pensé. Y levanté la vista al cielo, que era, al igual que toda la humanidad, mi lugar de referencia para reclamar respuestas.

# 13

La historia tuvo un giro imprevisto. La naturaleza del capataz era la contracara de la estética de Pollock. Antes de la enfermedad tenía un plan perfecto: cristalizar el destino, fijarlo como un mosquito en ámbar. Pero la contingencia arrasó con sus intenciones. Hizo trizas el sentido común y alcanzó una altura que nadie en su sano juicio hubiera previsto, le impuso a Garza la libertad a la fuerza. En otras palabras, sobrevivió cuando nadie lo esperaba. Eso no fue lo más llamativo. En realidad, quizás resulte el aspecto más previsible del asunto: es común que la gente vuelva de la muerte. Lo notable, lo realmente notable, fue que hizo una fortuna extraordinaria con su presunto mal. Las cosas se dieron vuelta de un momento a otro. La primera parte del viraje se produjo en un año, más o menos. La emisaria del capataz fue su sobrina, una española que se hacía llamar por el apellido, García Folca. Cada tanto, sonaba el teléfono y era ella. Hablaba con mi padre. Con su voz ceceosa, detallaba informes cada vez más insólitos. Al principio, se suponía que la evolución del tumor amenazaba el corazón y los pulmones. El capataz corría el riesgo de morir de un infarto o de que le estallara el pecho. Accedí a este dato por el cotilleo de las cocineras y pasé días sin dormir. No podía entender que existiera una enfermedad tan cruel.

Al tiempo –un par de meses–, las señales cambiaron. Por un lado, el bulto detuvo su crecimiento; por otro, punción mediante, se reveló benigno. Como es de esperar, estos hechos modificaron el paradigma de la enfermedad. Y, quizás, en virtud de esta alteración de energía, el cuerpo, insólitamente, empezó a aceptar al tumor: las fibras musculares lo rodearon y se enervaron con fluidez. El organismo le dio la bienvenida, como si, desde siempre, lo hubiera estado esperando. Luego de este diagnóstico, que nos dejó a todos con la boca abierta, hubo una etapa durante la que no supimos nada de Garza. Mi padre hizo varios intentos por comunicarse con la sobrina, pero todos fueron en vano. Así pasaron los días sin que nos diéramos cuenta. El campo suele contagiar su apatía. La verdad es que nos olvidamos de Garza o, mejor, lo ubicamos en el limbo mental de los asuntos irresueltos. Sin embargo, una mañana –el reloj de la cocina marcaba las once– llamó de nuevo su sobrina y se descolgó con una noticia increíble: el tumor no era un tumor. ¿Cómo?, gritó mi padre. García Folca repitió: El tumor no es un tumor. Los médicos ignoraban su naturaleza, pero estaban convencidos de que ese bulto era otra cosa. Al tiempo, aseguraron que se trataba de un órgano. ¡Un órgano! Eso es una locura, gritó de nuevo mi padre. Esta vez la voz le salió fina, como con eco.

Los especialistas ocultaron lo que vieron en la primera biopsia. Hoy lo sé bien. Aceptar la verdad es difícil para todos, mucho más para los científicos. El primer análisis, al parecer, reveló un dato escalofriante, el tejido de la muestra no correspondía al de un tumor. Investigaron y concluyeron que esas células coincidían con las de una glándula que se atrofia en la adolescencia, el timo. Nosotros, en la estancia, nos fuimos enterando de a poco de este asunto. Las noticias llegaban fraccionadas y no siempre resultaban claras. García Folca repetía lo que decían los médicos, pero mi padre notó que el tono que usaba –una rabiosa certeza– hacía que la información resultara creíble. Hay personas que tienen esa habilidad: hablan convencidas de cualquier tema, incluso de aquellos sobre los que no tienen la menor idea. García Folca dijo que el timo elaboraba células para la respuesta inmunitaria del cuerpo. Y Garza, vaya a saber por qué razón, lo tenía súper desarrollado y producía agentes defensores a raudales.

Es sabido que lo extraordinario sostiene poco tiempo su condición. Por más singular que resulte un asunto, tarde o temprano, se naturaliza. Diego Garza dejó de ser un enfermo terminal y, después de una mínima transición, se convirtió en un ser único. García Folca afirmaba que el sistema inmunológico de su tío era tan perfecto que podía repeler todas las enfermedades. Al principio fue algo imposible de entender. No nos entraba en la cabeza que no se parara el mundo frente a semejante revelación. Hubo notas en los diarios, pero se perdieron en el caos de las noticias. En las revistas científicas, el caso tuvo relevancia. Algunos de esos artículos, unos pocos, llegaron a casa, pero nadie les prestó atención. Hay que estar loco para leer lo que escriben los médicos, embrollan el lenguaje. Y lo hacen a propósito. Son como los espías, la misma inteligencia, el mismo recelo. Tienen en claro, desde ya, el acecho de los abogados. Por eso contratan seguros costosísimos. Al fin y al cabo, actúan conforme a su cultura. Se adueñan de una evidencia que es bien conocida por todos: nuestra historia personal no es más que una cuestión de glándulas.

Vuelvo a Garza. Su historia nos mantuvo en vilo durante un tiempo, pero hubo dos razones por las que nos retrajimos. La primera fue el resentimiento de mi padre frente a su apatía. El capataz no lo había vuelto a llamar, ni cuando sufría la supuesta enfermedad ni cuando las cosas cambiaron. En la estancia se lo trató siempre como a un par y el desagradecido lo terminó pagando de esa forma. La segunda razón, quizás la decisiva, fue el ingreso del nuevo capataz, Jesús Amaro. Pampeano. Cara de caballo manso. Fumador de toscanos Avanti. Un clavo saca a otro, dijo mi madre. Y en este caso, la frase calzó justo. Borramos a Garza de un plumazo. Sin embargo, como es de esperar, la historia no se detuvo en este punto. La experiencia me dice que las cosas nunca terminan donde una se imagina.

*

Hace varios años –después de décadas sin noticias del antiguo capataz–, mi madre se anotó en un módulo avanzado de la Alianza. Entre los asistentes, se entendió con una mujer nacida en Extremadura. Cuando terminó el curso, caminaron por Córdoba hacia Esmeralda. En la esquina, se detuvieron para despedirse y, justo en ese momento, un auto atropelló a un perro callejero. A mi madre, acostumbrada a la sangre, no se le movió un pelo, pero su compañera entró en pánico. Un diariero las ayudó a cargar el animal en un taxi y corrieron a una veterinaria. Más tarde –como la española necesitaba recuperar el aliento–, entraron a un bar a relajarse un poco. Hablaron de todo y de nada. Y en ese acontecer, la casualidad –el diablo siempre mete la cola– les tenía reservada una sorpresa: las dos conocían a Diego Garza. La situación las dejó pasmadas, pero mi madre se repuso rápido y, curiosa como es, aprovechó para enterarse de la vida del antiguo capataz.

La extremeña le contó que, luego del susto inicial, los médicos habían estudiado a Garza en profundidad. Sus anticuerpos, además de blindarle el organismo, eran altamente efectivos para tratar enfermedades autoinmunes. Esta sorpresa inquietó a todos. Era un descubrimiento casi imposible de concebir, pero la realidad, con su firmeza, terminó por persuadirlos. En ese momento, la industria farmacéutica, siempre atenta a la rentabilidad, tomó cartas en el asunto. La vida es una cuestión de números. Y nadie, por idiota o reformador que sea, discute este principio. Los anticuerpos de Garza empezaron a cotizarse y pronto alcanzaron el valor del oro. Según la mujer, el antiguo capataz escuchó las ofertas de los laboratorios y, luego de muchas dudas, optó por la de una corporación suiza. Le ofrecían una suma descomunal por una extracción mensual de sangre. Hay que decirlo, Garza siempre fue implacable. Y esta cualidad, sumada a su carácter, hizo que mi padre lo considerara, desde el momento mismo en que lo conoció, el capataz ideal.

La española dijo que Garza, en poco tiempo, se volvió millonario. Ahora vivía en Mallorca y se dedicaba al turismo. Había edificado un hotel con la piscina más vistosa del mundo en el piso 32. Además, financiaba expediciones arqueológicas. Para Garza, imaginé yo en aquel momento, la vida era una fiesta a la que había que darle rienda suelta. Nadie sabe lo que puede un cuerpo, pensé. La verdad es que me puse feliz con las novedades, pero no le pasó lo mismo a mi madre, que mientras me contaba lo que le había dicho su compañera, alzaba una ceja en señal de desaprobación.

# 14

El campo era barro, puro barro. Y los tractores, con sus ruedas gigantes, habían echado a perder los caminos. Mi padre, una mañana, se levantó expeditivo y mandó a unos peones a emparejar calzadas. Esta orden, no sé por qué, trajo discusiones y malos entendidos. Cada tanto pasaba, una tontería desataba una guerra. Jesús Amaro tuvo que mostrar autoridad. Aquella vez, creo, fue su debut. Montó en su ruano espléndido y habló desde la altura, como si estuviera en un mangrullo. Nunca lo había visto tan arrebatado. Parecía otra persona. El sombrero sobre los ojos y un toscanito en los labios. La gente empezó a rodearlo. Nadie podía creer lo que estaba escuchando. Empezó amonestando y terminó en un alegato, un extraño alegato. Habló de Celestino, un tropero. Dijo que de mozo había llevado ganado a Santa Fe y que antes de llegar al arroyo Pavón se había alejado del grupo. Era media tarde y quería descargar el vientre. Distinguió una higuera frondosa y le pareció adecuada. Se bajó los pantalones dispuesto a hacer lo suyo y, en ese momento, de la nada, apareció el diablo. Había tomado la forma de un percherón peludo, pero Celestino notó enseguida que no era un animal común. Entonces, se paró despacio y, sin intimidarse, le clavó la mirada. El diablo lo evaluó. Después, con voz atronadora, le propuso un trueque. Celestino sabía que esos pactos terminan mal y se negó. Pero el diablo insistió. Tentó a Celestino con lo que más le importaba en la vida, pero el tropero se mantuvo en sus trece. El diablo, entonces, cuando se la vio difícil, largó una risotada y se desvaneció entre las ramas. Jesús Amaro terminó el relato con un suspiro. Dijo que Celestino sorteó esa prueba porque tuvo fuerza de voluntad. Su entereza lo salvó. Y, como si estuviera en un púlpito y no arriba de su caballo, subrayó la importancia del afán para conseguir objetivos. Los peones achicaban los ojos para mirarlo. El gesto traducía el esfuerzo que hacían para desentrañar lo que significaba ese hombre en el marco de sus vidas. Lo escuchaban con respeto y hasta con cierto temor, pero, en el fondo, no le perdonaban su rareza. En efecto, con el tiempo, la charlatanería de Amaro se convirtió en un castigo peor que un golpe de fusta. Detestaban su aire evangelizador que, a las claras, era una manifestación de su soberbia. Pero justamente por eso terminó siendo tan efectivo, la gente obedecía para no escucharlo. Amaro los debilitaba con su palabra. Hubieran preferido un capataz que los estaqueara, en vez de ese hombre ridículo que contaba historias de demonios y aparecidos.

*

Para esa época, mi madre me anotó en un taller de pintura en la capital. Por segunda vez, decidió apoyarme en mi vocación. Pidió recomendaciones. Varios coincidieron en que la persona indicada era Andrea Papaccio, un excéntrico de cuarenta años cuya carrera ascendía como un meteoro. Su obra se cotizaba excelentemente bien en las ferias internacionales. Además, tenía fama de buen docente. Su estudio estaba en un galpón de la calle Carlos Calvo.

Papaccio era un narciso perfecto. Tenía el pelo larguísimo, negro y fuerte. Se hacía una trenza que le cruzaba la espalda y que cada tanto revoleaba con un gesto altivo. Sus cuadros eran paisajes al estilo de De Chirico en los que deambulaban figuras humanas bidimensionales. La impronta de la escena era la soledad. O el desvalimiento más que la soledad. Papaccio decía que para conseguir algo en la vida –y por lo tanto en el arte– había que simplificar. Ese era su lema: el acortamiento, el atajo, la síntesis. De hecho, él mismo parecía un faquir, estaba reducido a su mínima expresión.

Los encuentros de la calle Carlos Calvo eran grupales y heterogéneos en cuanto a edad y formación. No admitía más de diez personas ni menos de tres. Nos acomodábamos frente al caballete y trabajábamos en lo que se nos antojara. En esos momentos, Papaccio entraba en estado de completa euforia. Sobreactuaba todo el tiempo. Abría la boca como la Santa Teresa de Bernini y ponía los ojos en blanco. Usaba un blusón manchado de pintura, parecía una especie de paje medieval. Nos hablaba siempre de la forma, que, según él, era el secreto de las artes plásticas. Por lo general, después de mirar lo que pintábamos –usábamos óleos pastosos y pinceles planos– hacía observaciones. Nunca eran cuestiones directas sobre la obra sino pautas ambiguas pero ocurrentes. Un día, por ejemplo, dijo que tenía que preocuparme por el movimiento de las imágenes. La pregunta es, comentó Papaccio, qué trazo representa la secuencia. Hasta que el diseño no responda, la obra no avanza. Le dije que sí, pero no había entendido nada.

El mejor momento de aquellos encuentros era el que compartíamos al final, antes de irnos. Nos juntábamos alrededor de una tabla con caballetes. Comíamos las cosas que nosotros mismos llevábamos. Papaccio servía té en jarros abollados de aluminio. Cuando recién lo conocí, me pareció un engreído, pero enseguida noté que era un artista consumado. Me acuerdo del momento en que entendí su verdadera esencia. Alguien, una vieja que pintaba paisajes naturalistas, había llevado uvas. Metió los racimos en un cuenco con hielo. Papaccio agarró el recipiente –lo rodeó con el antebrazo como si se lo fueran a arrebatar– y comió la fruta con tremenda sensualidad. Agarraba una uva, la sopesaba entre el pulgar y el índice. Después la lanzaba al aire, el grano dibujaba una elipse perfecta y terminaba sobre su lengua, que mediante un corcoveo lo desplazaba hacia atrás para que las muelas lo trituraran. Enseguida, sin escupir las semillas, tragaba. Era una escena de tres actos: selección, análisis y deglución. El viaje de cada uva hacia su boca anunciaba el de la próxima, como si el racimo entero contuviera un ritmo invisible que lo ordenara. En ese momento, me acuerdo bien, noté algo que con los años terminé de perfilar: un artista se define por la manera en la que traga. La comida como monomanía. Sin obsesión no hay virtud. Papaccio engullía las uvas igual que Saturno a sus hijos. Este acto lo convertía en un cíclope, un grifo, un titán.

Para Andrea Papaccio, comer era enamorarse. En particular esta vez que traigo a cuento, tragaba como quien roba una tradición. En concreto, desgarraba el folclore de la pulpa, lo hacía suyo. Y ahora que lo pienso, más que alimentarse, lo que hacía era demostrar, como los ilusionistas, que lo insólito nace de lo espontáneo; en este caso, lo que afloraba era una estética.

Nosotros lo mirábamos fascinados. Procurábamos, hasta donde nos era posible, contagiarnos de ese entusiasmo que, a falta de un término más exacto, llamábamos ingenio. En fin, Papaccio, más allá de sus veleidades, era un creador. Y lo reconozco como clave de mi aprendizaje. En ese galpón enorme –que él, en medio del más crudo invierno, calentaba con dos estufitas– entendí que ya no podría vivir lejos de la pintura, pero también que yo no era una artista. Mi falta de imaginación se relacionaba menos con el talento que con mi vínculo con lo arbitrario. Jamás pude abandonarme a la intuición. Esa es la verdad. Pintaba y al mismo tiempo buscaba señales que justificaran mis decisiones. Para elegir un color, por ejemplo, evaluaba perspectiva, sombras, fondo y luminosidad. Quería respaldos firmes. Como es de suponer, esta especulación enfriaba la obra. Yo, con mi enorme cabeza hueca, necesitaba acreditar mis actos y lo único que conseguía era retraerme. Pintaba escenas inertes, eso era evidente. Papaccio lo notó enseguida. Mi inteligencia acartonada me convirtió en un caso perdido. No había nada que hacer, era una cuestión de identidad. Podría haberme desalentado –muchos en mi lugar hubieran bajado los brazos–, pero no fue así. Desde chica, mis emociones me permiten sobrellevar casi todo lo que me toca en suerte.

*

A la salida de la clase, me esperaba mi madre en un remís. Llevaba anteojos Céline, esclavas de oro en las muñecas y el pelo, espléndido, fijo en la nuca con una hebilla. Repetíamos siempre la misma rutina y estoy segura de que ambas disfrutábamos la reincidencia: pasta en un lugar de la calle Riobamba y caminata hasta el departamento. Cerrábamos la noche con un té de manzanilla. Al día siguiente, el chofer nos devolvía al campo. Cumplimos el protocolo medio año, todos los miércoles, que era cuando yo iba a lo de Papaccio.

Los hábitos me dan paz y trato de que duren todo lo posible, pero aquel fue efímero. Luego de unos meses, dos asuntos empezaron a alterarlo. Uno fue mi convicción, cada vez más sólida, de que no servía para el arte. En el mejor de los casos, podía copiar con dignidad a otros pintores, pero no alcancé nunca, ni por error, la originalidad. Papaccio fue honesto conmigo, aunque yo ya conocía la verdad y la asimilé sin problema. Estaba segura de que mi relación con el arte encontraría otra alternativa. Ese vislumbre me resguardó. Seguí yendo a las clases de pintura, igual de apasionada, pero sin expectativas. Esa combinación, aunque parezca dañina, tiene algo de pureza, escapa a la lógica mundana y, quizás por eso, resulta ideal para encarar cualquier proyecto. Lo único que me importaba era la actividad misma sin falsos utilitarismos. El otro asunto que puso fin a esa etapa tuvo que ver con el propio Papaccio. Al comienzo, un tipo expansivo. Voluptuoso, altanero y hasta cierto punto previsible. También un poco cruel. Con sus camisas enormes y su olor a trementina, sabía y, en eso cifraba su agudeza, que el mundo tomaba sus caprichos como una extensión de sus obras. Pero eso, que parecía tan sólido como la pirámide de Keops, se fue al demonio de un día para otro. El motivo fue una cuestión amorosa. Su novia, una jovencita con cara de japonesa –que llegaba siempre unos minutos antes de terminar nuestras clases–, lo abandonó por un amigo de él. Papaccio la odió con toda su alma, pero al poco tiempo el rencor se transformó en tristeza y lo paralizó por completo. Perdió la confianza en el futuro. Dejó de pintar y desarmó los talleres. La excusa fue que la prosperidad lo había anulado, pero todos sabíamos que la razón era otra.

Aproveché la desbandada y le hice caso a mi madre: nos anotamos en un curso de Historia del arte en la Alianza. Me olvidé de Papaccio y de su patética historia de amor. Entre otras cosas, el *dripping* enloquecido de Pollock había ocupado mi mente y no quedaba sitio para nada más. Pero el azar, como le gusta decir a mi abuela, tiene sus extravagancias.

Una década y media más tarde, me crucé a Papaccio en la galería Arroyo. Estaba idéntico. Canoso, pero con la misma figura. Óleo en las cutículas, arrugas en la frente. Acababa de dar un par de clases en la Universidad de Columbia, otra vez era un coloso. Esa noche empezamos una relación que terminó durando un año en total, con idas y vueltas. Los dos, supongo, estábamos empecinados con el pasado, pero no alcanzó. Me dio la impresión, pero no estoy del todo segura, de que, en aquel último encuentro, Papaccio se había propuesto revelarme algo que, me parece, lo representaba mejor que sus obras. Sin decirlo y muy distraídamente, me demostró que siempre, en todos los casos, la realidad es más pobre que la fantasía.

# 15

El cierre del taller me desorientó por completo: no sabía qué hacer con el tiempo. Fue la primera vez en mi vida que sentí semejante agobio. El tedio, como un relente, brotaba de las cosas, giraba alrededor de mi cabeza y se me asentaba en el pecho. Era un estado que me resultaba ajeno, no lo generaba yo, era como si el mundo me lo transfiriera. No se habían modificado tanto las actividades, pero dejar de ir los miércoles a la capital significó un caos anímico. El curso de la Alianza duró un suspiro. Cuatro efímeros encuentros en los que conocí, entre otras glorias, los caballos azules de Franz Marc.

Desde siempre mi padre tenía un departamento en la calle Paraná, pero recién en esa época mi madre empezó a valorar su independencia en Buenos Aires, la defendía con uñas y dientes. Cuando yo intentaba sumarme a su viaje, daba mil vueltas y me terminaba dejando. En todos los casos, tenía una buena excusa para hacerlo. Decididamente, no quería que fuera. Entendí sus razones, aunque las desconociera, y dejé de insistir. Que se vaya al diablo, pensé. Y me puse a buscar algo que me distrajera. Obviamente, no encontré nada. Siempre pasa lo mismo, proponer un objetivo supone desdibujarlo. Entonces, sin mucha opción, me centré en la escuela.

Ese año terminaba la primaria y sentía un horrible vértigo en la boca del estómago. Una de las pocas cosas que me alentaron fue el ingenio de mi nueva maestra: las clases pasaron a ser charlas informales. Abría una hoja de la ventana, apoyaba el hombro en el marco de madera y encendía un cigarrillo. Nos hablaba como si fuéramos amigos. La primera vez que lo hizo, con su mirada de acero, fundó un pacto de silencio que a nadie se le ocurrió romper. Le gustaba hablar de historia, y lo bueno es que escapaba a la lógica de los manuales. Detallaba contradicciones y alianzas; en otras palabras, los actos que dispone la fiebre de las ideas, como le gustaba decir.

Yo era chica y entendía poco y nada, pero era claro que su aproximación hacía agradables hasta los temas más pesados. Su pedagogía era directa, contagiaba entusiasmo. Yo rumiaba el día entero las cosas que ella decía. Y no era raro que se me metieran en los sueños. Tuve uno a repetición; en realidad no fue precisamente un sueño sino una escena: soldados a caballo que atravesaban un desierto. Casaca y pantalón azul, botas altas, el uniforme de los Húsares de Pueyrredón. Unos pocos llevaban galeras con penachos; otros, la cabeza desnuda. Los trajes estaban desgarrados y sucios, como si acabaran de librar una batalla. En la actitud del grupo, sin embargo, no había una gota de cansancio, más bien lo contrario. Su integridad era tan precisa que daba miedo. Definitivamente, venían de lograr una victoria. Como ocurre en los sueños, me sentía, al mismo tiempo, protagonista de la secuencia y testigo externo. Este desdoblamiento, al principio, me confundió, pero el sedimento que sobrevivió a la vigilia fue dichoso.

*

Por la generosidad de uno de los peones, el Cholo, empecé a montar. Mi padre me reservó una yegua de poca alzada, Triana. El día en que nos conocimos, movió la cabeza como si aprobara y me dedicó un relincho. Fue el primer animal que registré por el olor, le salía por los poros un vaho dulce a pasto. El Cholo, ingenioso y paciente, manejó el aprendizaje con gradualidad. Mientras yo daba vueltas por el picadero, él se hacía el distraído para quitarle gravedad al asunto. Simplificaba sus órdenes, dejaban de ser mandatos para convertirse en inferencias. Y cuando me marcaba un error, lo hacía con la mirada perdida y remataba con una carcajada. El Cholo convertía todo en chiste, era la forma que había encontrado para aguantar la vida que le había tocado.

A las pocas semanas, empecé a salir sola. Un trote sereno, siempre contenido. Iba hasta la entrada del pueblo, pero lo ladeaba por un sendero. Pasaba por el galpón de Bartola, a la que distinguía de lejos, y me metía en un bosquecito de algarrobos. En ese lugar me quedaba horas enteras. A veces, juntaba tomillo, pasto blanco o coirón para la cocina. Por lo general, llevaba un libro que levantaba al azar de la biblioteca. Estuve un buen tiempo con *Las aventuras de Huckleberry Finn.* No lo leía ordenadamente, entraba por cualquier lado, me detenía en escenas sueltas. La historia me contagió la dulce nostalgia de la vida librada a la contingencia. Esa combinación, Twain y montar, me dio un entendimiento. Todos los espacios, absolutamente todos, guardan la posibilidad de una aventura. Mientras leía, Triana comía, desentendida. Cada tanto, la miraba: dentadura cuadrada y fuerte, ollares dilatados, grupa lustrosa. Esa yegua era mi hallazgo. Mío y solo mío. Así lo sentía. Yo era responsable de que estuviera allí y de que se moviera como lo hacía. De alguna manera, la inventaba a cada momento. Fue una experiencia extraña. Había pasado toda la vida rodeada de animales y la pura verdad es que nunca los había visto. Me ocurría lo que a todos: daba por sentado lo que me rodeaba. Mi cerebro percibía un caballo y lo incorporaba al paisaje, es decir, lo suprimía. Actuaba por reflejo. El sentido común me había dejado ciega.

Por aquellos años, también me di cuenta de que montar altera el paisaje. Mirado desde el lomo de Triana, el mundo cambiaba. Las vacas eran rectángulos y el campo, un plano. Cuando me acercaba al casco de la estancia, con la yegüita agitada por el trote, divisaba a través de la ventana del living el sillón Chesterfield. Al primer vistazo, lo conectaba con la canoa que pintó Gauguin en Martinica. Este vínculo nació de la perspectiva que alcancé desde la montura; de otra forma, no se me hubiera pasado por la cabeza aquel cuadro. Recordaba también los momentos vividos entre sus almohadones. Durante la inundación, pasé muchas tardes acostada allí. Esa tragedia había ocurrido hacía poco, pero yo sentía que era testimonio de otra vida, legendaria y ajena, una vida que no me pertenecía, que había vivido otra persona.

*

Con la adolescencia me volví más sensible. En consecuencia, reformulé mis vínculos, entre ellos, mi amistad con Lorena y Orla Mooney. Fue algo paulatino, espontáneo. Primero, dejamos de vernos fuera del colegio; después, nos esquivábamos en los recreos. De un día para otro, me di cuenta de que eran dos taradas y ese conocimiento, que me brotó del pecho, se tradujo en una antipatía indisimulable.

Orla había empezado a salir con el hijo del socio de su padre, un rubio de quince años que manejaba un auto metalizado. Como no podía ser de otro modo, Lorena se pegaba a su amiga para enterarse de todas las intimidades. Muy triste todo, pero yo estaba aburrida y, como es sabido, el hastío genera enredos.

Voy a darle una última oportunidad a la relación, me dije, y las invité a casa a tomar el té. Le pedí a Celestina que preparara algo dulce para recibirlas. Hizo una torta riquísima que a ellas les pareció un asco: la crema estaba ácida y el bizcochuelo, seco. No nos pusimos de acuerdo en nada. Odiaban a la maestra y todo les parecía aburrido. Me llamó la atención cómo se habían mimetizado. Se identificaban tanto que hasta compartían el código gestual, un rictus con el que desaprobaban todo. O casi todo, a las dos les gustaba montar.

Los caballos unifican al mundo, pensé. Dijeron que eran buenas jinetas. Salían seguido a galopar. Las acompañaba un petisero al que le tomaban el pelo. Me pareció patético. De todas maneras, me sentí insegura y quise sumarme. Orla fue tajante. Vos recién empezás, dijo. Ir suponía un riesgo. No me explicaron por qué. Tragué saliva. Claro, dije, como si no me importara, y enseguida, como un misil, entré en una espiral de rencor. Lorena y Orla Mooney, habilísimas, usaron sus inteligencias en mi contra. En un intento por salvar la situación, traje del baño peines y cepillos. ¿Nos peinamos como cuando éramos chicas?, pregunté. Me dejaron hacer con la indiferencia de los vencedores. Se sentaron y jugué con el cabello de las dos. Estuve un rato pasándoles el cepillo. Ellas me ignoraban, cada tanto me dirigían la palabra, pero estaba claro que mi rol era secundario. Aguanté. Para salir del paso hay que apretar los dientes, pensé. Estuve un rato así, pero, tengo que reconocerlo, mi naturaleza es frágil. A los pocos minutos estaba angustiadísima.

En un momento, empezaron a cuchichear. Se decían cosas al oído, estallaban en carcajadas. Esa fue la gota que rebalsó el vaso. Pero, al contrario de lo que se pueda pensar, no me puse a gritar. No dije: Basta, carajo, malparidas. Tampoco di un golpe con mi puño en el respaldo del sillón. No, no, nada de eso. Me mantuve serena, como si estuviera anestesiada. La mente en blanco, el cuerpo relajado. Caminé tres pasos, abrí el cajón de la cómoda y saqué la tijera de mi madre. Probé el filo por la yema de mi pulgar y después, con mucha tranquilidad, me acerqué a mis compañeras de colegio, que seguían sentadas en la misma posición. Me mantuve detrás de ellas y persistí en mi rol de peluquera. Primero me ocupé de Lorena. Le agarré el pelo con una mano, lo sostuve en alto, le pasé tres veces el cepillo y, cuando menos se lo esperaba, se lo corté. Enseguida, hice lo propio con Orla. Como Lorena quedó pasmada y tardó en reaccionar, repetí la operación sin muchas complicaciones. Entre los dos ataques pasaron segundos. Nunca en mi vida fui tan veloz.

Después sobrevino la catástrofe. Mis compañeras entraron en crisis al mismo tiempo. El llanto de una potenciaba al de la otra. No podían creer lo que les había hecho. Se tocaban la cabeza y gritaban como si estuvieran locas. Yo aproveché la confusión para meterme al baño. Estuve encerrada más de dos horas. No respondí a los reclamos de nadie. Mi madre me rogaba que saliera y mi padre amenazaba con tirar la puerta abajo. La desesperación hizo que me bajara la bombacha y me sentara en el inodoro. Apoyé la cabeza en las piernas y me quedé inmóvil, casi sin respirar, hasta que, de golpe, sentí un frío en el estómago y, casi enseguida, empecé con una diarrea atroz. Supongo que fue una reacción frente al estado de cosas. Ahora, después de lo que me tocó vivir, pienso que, en los peores momentos, es conveniente abandonarse, rendirse a la voluntad de la naturaleza. En pocas palabras, dejar de decidir es siempre un alivio.

# 16

Los médicos son despreciables. Ellos, sus clínicas, sus recetarios y sus salas de guardia. Hay excepciones, pero la mayoría son espantosos. Usan lo que saben como si fuera un arma. Y cuando tienen la oportunidad, dejan su marca en la gente. No les importa el bien de nadie. En el mejor de los casos, los preocupa su carrera. Y a muchos ni siquiera eso. Son médicos por falta de imaginación. No tienen curiosidad ni pasión. Aprendí esto a los ocho años, la vez que me agarró el dolor en el ojo. Mis padres me llevaron a ver a una oculista de nariz enorme. Me puso gotas en los ojos y me ordenó que apoyara la frente en un aparato con luces. Después, como si fuera una diva, se acomodó un mechón de pelo oxigenado y habló. No tiene nada esta nena. La odié con toda el alma. Además del dolor en el ojo, tuve que aguantarme su apatía. Qué tupé. Antes de atravesar la puerta del consultorio, la miré fijo y le deseé la muerte. Puse tanta fuerza en mi anhelo que pensé que se cumpliría, pero insólitamente la desgracia cambió de dirección. Salimos del consultorio y encontramos la camioneta destrozada. A un carro de tiro se le había partido el eje y la había chocado de costado, la destrucción era completa. Imaginé que mi rencor había sido causa del accidente. Después de unos segundos, pensé que los médicos, con su arrogancia, eran invulnerables a los malos augurios.

Por este motivo, a los dos días de sufrir la más desesperante de las diarreas, cuando la piel se me puso brillosa y fría y los ojos se me hundieron, me resistí a ir a una guardia. Estaba a un paso de convertirme en un lagarto. A mi entender, la deshidratación había empezado en un punto exacto de la garganta, justo encima de las amígdalas, y se había esparcido por el resto del cuerpo. Cuando mis padres lo notaron, se activó la alarma. Me llevaron a la clínica a la fuerza. Pataleé. Grité. Lloré. Insulté a mi familia y al personal de salud. Desquiciada, completamente fuera de mí.

Me internaron en un lugar horrible. En una de las paredes, de un celeste deslucido, había dos manchas de humedad perfectamente simétricas; la cama y la mesa de luz eran de hierro pintado de blanco, la combinación más fatal que se pueda imaginar. Además, no había cortinas. El sol de la pampa entraba a raudales.

*

Cuando me acostaron, estaba excitadísima y me mantuve así hasta que vino una enfermera de cuello ancho –igual al de los bueyes– y consiguió neutralizarme. Su voz ronca fue tan incuestionable que me congeló. Era una teutona –cerca de Gahan hay una colonia de alemanes– de huesos grandes, con facciones duras apenas suavizadas por la gordura. Acomodó una bolsa de suero en un pie de metal, me clavó una aguja en el brazo y, con gran desenvoltura, armó la vía para que el líquido fluyera. De golpe, un agobio descomunal se me asentó en el pecho. Sin que pudiera controlarlo, empecé a llorar en silencio.

Mi madre, mi querida madre, se apiadó de mí y me abrazó con cuidado, como si mi cuerpo fuera de yeso. Alcancé a percibir un resabio del perfume floral en su cuello. No creo que haya tenido tiempo de prepararse –salimos a las apuradas–, pero, hasta el día de hoy, su piel huele a una fragancia de Lancôme que se llama *La vie est belle*. En aquel momento, yo –aguja en el brazo, cuerpo dolorido, pelo grasiento– asocié pulcritud con cariño y eso, estoy segura, me salvó. No me curaron los médicos. Fue mi madre. O, mejor, la fragancia con notas de flor de cerezo que usaba mi madre. Los clichés, ahora lo sé, son esenciales para sobrellevar la vida. Hasta los escépticos, que andan por ahí jactándose de su sarcasmo, los usan. Cada tanto, buscan abrigo en el sentimentalismo o confianza en el lugar común.

Mi estadía en la clínica fue breve, alrededor de cinco horas, pero me resultó eterna. Cuando volví a la casa, sentí que habían pasado años. El espejo me devolvía una imagen horrible. Estaba pálida, desgreñada, los ojos chiquitos. Además, sentía frío. Estaba destemplada. Y arrepentidísima de lo que les había hecho a mis compañeras. Por otra parte, creía que la represalia de ellas sería tremenda, pero en este punto me equivocaba. No había aprendido todavía que a lo que se le tiene miedo jamás ocurre, o lo que ocurre es peor de lo que se esperaba.

*

La convalecencia fue ardua: la fuerza de gravedad, de la que nunca había tenido noticia, me hundió en la cama y no me permitía ni levantar la cabeza. De golpe, el mundo era duro como un adoquín. Alzaba un brazo y sentía algo irreversible, el lastre de mi propio cuerpo. Estuve dos días acostada sin hacer nada. Apoyaba la espalda contra los almohadones y me dejaba ir, lánguida, puro desánimo. Los relinchos y las conversaciones de los peones me llegaban como un eco, la música de una fiesta ajena, y me impregnaban de una enorme nostalgia.

Celestina me servía la comida puntualmente, pero la que me cuidaba todo el día era Cristela. Entraba a la habitación y me miraba con cara de ternero degollado. Después me pasaba la mano por la frente y repetía: Mi niña, mi niña. A mí me hartaba su gesto y le gritaba que se fuera, que me dejara sola, que no la quería ver más en la vida. No merecía ese trato, pero estoy segura de que disfrutaba con su rol de víctima, y yo, más por saña que por complacencia, terminaba por darle el gusto. Soy la que soy porque me dieron buena comida y educación, pero sobre todo por haber tenido siempre a mano, desde que era chica, a alguien a quien mandar.

Para levantarme el ánimo, mi madre me trajo de Buenos Aires láminas de cuadros clásicos. Como no pesaban nada, podía sostenerlas sin problemas, hasta ese punto llegaba mi debilidad. En aquel momento, creo yo, sin saberlo, me fui haciendo cada vez más materialista. La debilidad me volvió consciente del mundo. Más precisamente, dejé de darlo por sentado. Estaba ahí, concreto, y había que lidiar con él. Por eso, quizás, me interesé cada vez más por la pintura, que es el arte de lo palpable. Aquella vez, como no tenía más que hacer salvo mirar las reproducciones, descubrí algo que guardé como un tesoro. Todos mentimos, me dije, pero los artistas son los reyes del engaño. Se meten con asuntos de los que no tienen la menor idea. Usan falsificaciones, equívocos, y con ese material arman sus obras. Hasta los más realistas diagraman escenas imposibles. De golpe, en aquel momento, lo vi claro, pero no pude ponerlo en palabras. Recién ahora, que la vida me arrasó, vuelvo a esas impresiones y consigo enunciarlas.

Entonces, como venía diciendo, a los doce años, aburrida como estaba, me entretuve con las láminas que había traído mi madre. Tres pintores: Fra Angélico, Paolo Uccello y Piero della Francesca. Por la influencia de mi entorno, me fijé primero en los animales. Eran parecidos a los del campo, pero no iguales. Había algo que los distinguía. Me costó notar la diferencia, pero como soy obsesiva, no paré hasta encontrarla. Estaba en los ojos. O, mejor, en la mirada. Los del campo la tenían automatizada, en cambio, la de los animales pintados emanaba odio, algo contrario a su especie. La mirada de los caballos de Piero della Francesca, por ejemplo, estaba llena de un rencor que nunca vi en Triana, mi yegua, ni en ningún potro de La Circunstancia. Lo mismo encontré en los perros de Fra Angélico o en las iguanas de Ucello. Las pupilas estaban teñidas de rencor. Por lo tanto, reproducían una emoción humana. Con ese detalle, casi un espejismo, los pintores del Renacimiento marcaron el mal de su época. Eso fue lo que noté en la adolescencia, recostada en la cama, sola de toda soledad, en medio de ese maldito campo bruto. Lo observé en toda su dimensión, pero no pude expresarlo, ni siquiera en la intimidad de mis delirios, porque esa idea –tan recóndita, tan mía– estaba, en ese momento, en estado germinal, encerrada en un formato previo a las palabras. Era una especie de halo original que se resistía a sangre y fuego a ser enunciado.

# 17

Cuti Bosch medía exactamente dos metros. Su altura era signo de su estirpe. Olía a tabaco Burley. Tenía las manos grandes y nervadas. Había heredado La Fortunata a los dieciocho años y, con extraordinaria destreza, la había hecho prosperar. Su vida era eso: familia –hijos lánguidos, esposa de pelo llovido–, campo y algún que otro viaje a Europa. Como es de esperar, su extraordinario patrimonio lo mantenía vital, pero, al mismo tiempo, lo condenaba. Su perspectiva acerca del futuro, por momentos, le resultaba insuficiente. La verdad, la pura verdad, es que le costaba generar expectativas. Cuti no se relajaba nunca.

Mis padres y yo lo veíamos de tanto en tanto. Y cada vez que lo hacíamos, Cuti recordaba que la relación entre ellos –entre mi padre y mi madre– había empezado en La Fortunata. Evocaba el paralelismo –casi sobrenatural– que se había dado entre el primer año y el segundo. Alfonso y Elizabeth, tan amorosos, tan finos, decía siempre para apagar el relato. Después de esas palabras, inevitablemente, la atmósfera se enrarecía y terminaba el encuentro.

Sus intenciones no eran malas. Aludía al pasado para entrar en la mitología familiar. Lo que les molestaba a mis padres, en particular a él –a mi padre, me refiero–, era que Cuti pasaba por alto el accidente en la ruta. Esta omisión, lejos de borrar el episodio, lo resaltaba. Mi padre había quedado marcado por aquella desgracia; de hecho, un par de veces al año, soñaba que se caía de la moto –la misma Bultaco de su juventud– y quedaba hecho un vegetal. El tema estaba muy presente en su vida y, de una manera u otra, condicionaba sus actos.

El asunto era que Cuti Bosch sufría el desdén de mi padre. Lo consideraba un hijo putativo y le exigía –siempre a través de modos indirectos– reciprocidad en el cariño. Había conocido a mis abuelos y creía que el tramado de clase era de índole biológica. Relegarlo significaba una insensatez que, a la larga o a la corta, provocaba perjuicios. Le gustaba decir que los estancieros eran el sistema circulatorio del país, y que para que el torrente fluyera, la alianza entre ellos debía ser sólida.

Cuti era un romántico. Se consideraba una pieza clave dentro del sistema social. La idea le daba fuerza para salir de la cama a las seis de la mañana. Pero su vida no se resumía a semillas y vacas, necesitaba más. Coartadas, subterfugios. Excusas, como todos. Una vez vino a La Circunstancia. Era un día claro. Mi padre estaba con dos padrillos. Los petiseros los vareaban y él, con su ojo clínico, les medía la alzada, el ancho de la cruz y el trote. Eran animales estupendos. Relucían bajo el sol de la mañana. Cuti siguió a mi padre las dos horas que estuvo con los caballos. Y antes de irse, le hizo una propuesta. Vamos a cazar, le dijo. Mi padre revoleó la cabeza como hacen las vacas. Hace años que no limpio las armas, respondió. Cuti dijo que sí con un gesto. Después, subió a su chata y arrancó. Las ruedas levantaron una nubecita de polvo.

El día siguiente amaneció fresco. Y Cuti volvió a la carga. Trajo una escopeta Winchester de culata lustrada. Para vos, Alfonsito, dijo. Tirá a la mierda las otras. Ahora tenés una en serio. Los ojos de mi padre brillaron. Los peones se acercaron despacio, respetuosos de la intimidad de los patrones y estudiaron el arma como si fuera un objeto sagrado. A ciencia cierta, considerando lo que trajo aparejado, no estaban lejos de la verdad.

*

Cuti conocía una aguada llena de palomas y perdices. Auguró que, si pasaban la noche, agarrarían un zorro colorado. Mi padre quería estrenar la escopeta. Irían en la camioneta de Cuti con un peón. La excursión quedó fijada para la semana siguiente. Pensaron cada detalle, pero los imponderables lo alteraron todo. Un día antes de la partida, Cuti se quebró la pierna derecha. El asunto fue pura mala suerte. Entró al pueblo montado y el caballo patinó en el asfalto húmedo. Cuti cayó con el animal encima. Se fracturó el peroné en dos partes. Cuando mi padre se enteró del accidente, dijo: Parece que lo bueno se posterga siempre. Y, la verdad, la impresión que me dio fue que estaba hablando de otra cosa.

*

En aquel momento, yo seguía con el ánimo por el piso. Por supuesto, como todo ser humano, sufría la tristeza, pero también me servía de amparo. De todas maneras, mi madre, mi queridísima madre, tenía otra idea acerca de mi cura. Y como era, y es, muy porfiada, no paró hasta ponerla en práctica: me obligó a ir a la escuela. El rechazo de mis compañeros fue tan categórico que duré dos días. Lo curioso fue que Lorena y Orla Mooney se mantuvieron a una helada distancia de mí.

Por favor no la fuerce más a venir, le dijo la maestra a mi madre. Al poco tiempo, ella misma, la maestra, empezó a visitarme en casa. Si recibió plata, es algo que yo no me enteré. Me trataba con cariño genuino, pero con la gente nunca se sabe.

Aprendí mucho con mi maestra. Fue una santa conmigo. Cuando se iba, a la tardecita, sentía con fuerza la soledad. Me quedaba un rato largo mirando por la ventana. Se escuchaba el ruido de los teros y el canto de algún chingolo perdido. Los peones limpiaban monturas o fumaban cigarros. En el campo, la oscuridad nace del suelo. Y esta situación es fatal para el espíritu. Yo, a esa altura, había decidido salvarme y buscaba medios para hacerlo. Volver al arte fue el primero que se impuso. Puse un caballete en mi cuarto y trabajé el retrato. Podría haberme dedicado a hacer cualquier otra cosa, pero la pintura es, fue y será mi delirio. Practicar una actividad inútil me fortalecía el ánimo. El absurdo se combate con absurdo, decía Papaccio. Y yo, sin vacilar, apliqué ese axioma como regla de vida.

*

Copié la obra más conocida de Vermeer, *La joven de la perla*. Al principio, me costó ligar los rasgos. Puse todo mi esfuerzo, pero fue en vano. Entonces, medio desesperada, hice lo contrario de lo que me habían enseñado. Me centré en la mirada. Los ojos, me dije, como si hubiera descubierto la pólvora. En esos trazos quise enhebrar el asombro, la sorpresa, el recelo, el deseo contenido, el dominio y la falta de dominio. Enseguida, bajé por la nariz y, como por casualidad, terminé en la boca. Después, completé la escena con detalles menores: turbante, aros, canesú. Confirmé que no había acto más desolador que terminar una tarea a la que se le puso mucho empeño. Me alejé de los pinceles casi con asco.

Cristela, cada vez más huesuda e ingenua, me sirvió un té. Lo tomé a las corridas, como si alguien me apurara, y volví a pararme frente al lienzo. La impresión fue tan fuerte que casi me caigo al piso. Mi reproducción era idéntica al original, pero la muchacha de mi cuadro tenía una cara de boba formidable. Jamás pude descubrir el elemento que lo generaba, pero, lo cierto, fue que representaba la viva alegoría de la imbecilidad. En ese momento me sentí ridícula y, en algún punto, entendí que la pintura me reflejaba.

*

Por esos días, mi madre estaba en Buenos Aires. Yo, como buena sobreviviente, busqué refugio en mi padre. Una tarde fuimos a cabalgar, y lo noté ausente. Nos metimos en el monte. Miraba los árboles como si no estuviera acostumbrado a verlos y cuando hablaba no terminaba una sola idea. Yo me quedé callada. Mi padre estaba ansioso, era obvio. Esta disposición le llegaba al animal a través de las riendas. Muy pronto, el paseo se transformó en un deber, así que volvimos y, cosa insólita, cenamos en la cocina. De un minuto a otro, la comida nos cambió el ánimo.

Le conté a mi padre el traspié con el cuadro de Vermeer. De golpe, recobramos la afinidad que habíamos tenido durante el viaje a Buenos Aires. Él, entonces, cómodo en la calidez del trance, dijo que había decidido irse a cazar solo. Estaba harto de Cuti y de su pierna quebrada. Se iba a llevar a Donato, uno de los Huanco, que era hosco pero servicial como asistente. Salían en dos días. Pensaba matar una carrada de perdices. Las cosas son impredecibles. Aquella expedición, que parecía tan inofensiva, trivial como cualquier otra, terminó siendo decisiva para nuestras vidas, que sufrieron, por ella, un giro repentino, radical y permanente.

# 18

Todas las personas tienen algún rasgo sobresaliente. En algunas, esas rarezas se graban en la memoria de todos; en otras, resultan tan triviales que pasan desapercibidas. Al primer grupo pertenece, sin ninguna duda, Beltrán, un antiguo puestero de La Rosada, la estancia de los Vivot.

Beltrán, Saturnino Beltrán, heredó el oficio de sus antepasados. De hecho, el rancho que habitaba, muy en la esquina del campo, perdido en el medio de la nada, lo había levantado su abuelo, que, al decir de la gente, era medio cristiano y medio indio. El asunto fue que Beltrán, al que se le conocían tantos hermanos que terminó por no tener ninguno, no formó familia y, por la ley natural de la vida, a medida que pasaban los años se fue quedando solo. La madre se murió de un infarto, cayó redonda mientras pelaba una gallina. Él, que ya era hombre grande, la lloró como un crío. Al principio lo visitaban otros puesteros y, de tanto en tanto, él mismo iba al casco de la estancia. Hablaba con los patrones de las novedades del puesto –donde nunca pasaba nada– o se emborrachaba con la peonada; pero poco a poco y sin nada que lo justificara dejó de hacerlo. El proceso se dio en forma espontánea, como el engorde de los chanchos. Hasta que llegó un día en que su aislamiento fue absoluto. Sus pares lo olvidaron y los patrones pusieron distancia. Según cuentan, pasó cinco años sin ver a nadie, y, lo que es más llamativo, sin pronunciar palabra. Al cabo de ese tiempo, vaya a saber por qué, alguien se acordó de él y se preguntó si seguiría vivo. Entonces, para salir de dudas, la policía fue a buscarlo al rancho. Lo encontraron rozagante y risueño. Tenía el pelo largo y la barba enmarañada. Se alimentaba con raíces, ratones y pájaros. Dicen que el borracho del comisario lo increpó como hacía con todos, y el pobre puestero se quedó con la boca abierta sin entender nada. Todos estuvieron de acuerdo en que se había olvidado de hablar. Literalmente, no sabía pronunciar las palabras. Consintieron también en que eso no estaba bien, era un acto que, en algún punto, rozaba la rebeldía. No constituía un delito, pero estaba cerca de serlo. Se lo llevaron a los empujones y lo metieron en el baño de la comisaría, al calabozo lo estaban refaccionando. Dicen que ahí, el pobre se recuperó un poco. Empezó a pronunciar palabras sueltas, incluso armó alguna que otra frase. Pidió perdón sin saber qué falta había cometido. En ese momento –no sé a quién se le habrá ocurrido–, lo pusieron a consideración de las personalidades del pueblo. Entre ellas, estaba mi madre. Nos contó que Beltrán era un paisano de ojos vivos. Dijo que era un loquito común y silvestre, pero con un gesto en la cara –sobre todo, en la mirada– que le hizo acordar a la expresión del San Francisco del Greco.

Como los Vivot son gente expeditiva, le encargaron a Santiago, un capataz excelente, que dispusiera lo mejor para Beltrán. Santiago internó a Beltrán en un loquero del sur de la provincia. Esa fue su manera de devolverlo al mundo. El puestero terminó replicando el martirio de los santos. Es así, la soledad y el silencio son asuntos oscuros, y eso, la pura verdad, nos asusta a todos. Saturnino Beltrán era un tipo fuera de lo común que brilló por su silencio. Ese era su talento y fue fiel con su manera de expresarlo. Por eso, justamente, no podía vivir entre nosotros. Eso queda claro.

*

Hubo otra gente descollante. El tambero Emilio Duhalde, por ejemplo. Hilario Huanco contó que una vez lo vio tomar diez litros de vino de una sola sentada. Tardó siete horas. Empezó al mediodía, durante un interminable asado. Hizo varias pausas para orinar. Pasadas las ocho de la noche, la peonada vio las dos damajuanas vacías junto al fogón. Cuando promediaba la primera, habían hecho apuestas y por eso el control fue tan estricto. Sea el ámbito que sea, la plata es sagrada. Duhalde, que era más alto que gordo, se levantó de la silla por sus propios medios. Huanco dijo que la cara del tambero tenía el color del vino que había tomado. Abrió los brazos como un cristo y basculó hasta estabilizarse. Acto seguido, preguntó quién había perdido el desafío y sin esperar respuesta explotó en una carcajada. Después, se metió en su casa. Según Hilario, durmió dos días seguidos. Las personas que hacen estas cosas están señaladas, eso es un hecho.

*

El rasgo que distingue a mi padre es insignificante. En realidad, él nunca terminó de destacarse por nada. Era —es—

medido como mi finado abuelo. No austero, medido. Los dos, sin proponérselo, dibujaron una línea de armonía en sus vidas: cada movimiento, condicionado por su contrapeso. Eso se nota en la proporción de sus cuerpos. Ni gordos ni flacos, ni altos ni bajos. Es más, ni feos ni lindos; aunque la simetría termine por confundirse con belleza. La particularidad que diferenció a mi padre de todos fue –y debe seguir siéndolo– la pulcritud. Cuando convivíamos, era ordenado y limpio hasta la manía. Arreglaba el placard con extraordinaria maestría. De hecho, cada tanto, yo abría un cajón y me quedaba fascinada con la organización: calzoncillos doblados en tercios; medias plegadas en cuatro, clasificadas por colores; pañuelos de algodón, apilados. Lo notable de este sistema era que, pese a su rigor, no significaba un elogio a la jerarquía. Más bien lo contrario. El resultado era una miscelánea alucinada, una sinfonía de variedad inigualable, un mapa que era, al mismo tiempo, un laberinto. Su sistema no suponía cese, clausura, sino expansión y libertad.

Nada más vertiginoso que ese mueble perfumado en el que mi padre guardaba su ropa. En todos los aspectos de su vida –es obvio– aplicó el mismo criterio. Los capataces, primero Garza y después Jesús Amaro, soportaban como podían su carácter. Siendo una nena, noté el odio que les provocaba su obsesión. Una vez, ordenó que cepillaran los caballos cuatro veces al día. La gente no daba más. Otro tanto pasaba en la cocina con Cristela y Celestina, aunque ellas eran siempre comprensivas. Lo miraban como si fuera un chico travieso.

La única persona que lo manejaba era mi madre. Frente a ella, mi padre disimulaba su naturaleza, lo que no dejaba de ser paradójico. Al fin y al cabo, la proximidad afectiva, con sus dobleces y exigencias, lo único que garantiza es la simulación. No hay mayor desconocido que el que se tiene en casa, decía mi abuela con razón.

*

Para la expedición de caza, acondicionó la camioneta como si se fuera a Alaska. Morrales, provisiones, bolsas de dormir, ponchos de lluvia. Las armas eran dos: la carabina que le había regalado Cuti y una escopeta vieja que Donato usaba para matar patos. Salieron temprano, antes de que clareara. Los vi porque me levanté para despedir a mi padre. Lo noté animado. Cantaba *Zamba de mi esperanza* con la letra cambiada. Estaba hermoso con su pantalón Pampero y la campera que mi madre le había traído de Edimburgo. Se fueron con la idea de pasar una noche afuera, pero terminaron siendo dos.

Volvieron un sábado a media mañana. Habían cazado media docena de perdices y algunas liebres. Aparecieron sucios y con olor a humo, pero además mi padre estaba distinto, como distraído, medio desorientado. Antes de entrar a la casa, visitó las caballerizas. Después, nos esquivó durante el almuerzo. Mi madre había mandado a preparar un puchero de caracú, pero tuvimos que comerlo solas. Él estaba perdido entre aperos, mandiles y monturas. Aparentemente, uno de sus caballos favoritos se había mancado y habían tenido que herrarlo, cosa que mi padre jamás recomendaba. Volvió a la casa entrada la noche. Se dio un baño y faltó también a la cena. La excusa fue que estaba exhausto.

A la mañana, durante el desayuno habló poco y nada. Tenía un arañón en el cuello. Cuando se lo hice notar, me miró de mal modo. Los espinillos son traicioneros, dijo.

Te metés y salís marcado. Sin solución de continuidad anunció que planeaba otra salida. Quiero mejorar la puntería, comentó. Después se fue a revisar las alambradas con Donato y estuvieron el día entero afuera. Mi madre, mi abuela y yo quedamos confundidas. Era una tarea que detestaba y que, por eso, la había hecho muy pocas veces en su vida.

A la noche, mi madre pidió explicaciones y terminaron a los gritos. En ese momento, empezó un rápido proceso que los posicionó como enemigos. Y la guerra, como es obvio, transfigura: caras angostas, cabellos llovidos. Mi padre se calzó una gorrita para taparse los ojos, pero la boca era el mejor testimonio del malestar. La tensión en el matrimonio duró tres días, tres larguísimos días. En ese tiempo hubo varias escaramuzas. Aunque lo peor no fueron las peleas sino el desafecto. Mi padre dejó de sostener a mi madre con la mirada, eso fue muy claro. Ella, hostil por naturaleza, diagramó una réplica –cejas arqueadas, arrugas en la frente– que siempre le había dado resultado, pero esa vez, insólitamente, no pudo sostener. Su expresión se debilitó enseguida, y terminó siendo la de una pobre mujer entristecida.

La noche entre el tercer y el cuarto día, mi padre no fue a su cama. Dio vueltas por la casa como un león enjaulado. Hizo café, rompió un vaso, habló por teléfono un buen rato. No sé con quién. Por el tono, alguien de su confianza. A las cuatro tiró una muda en un bolso.

Me voy, le dijo a mi madre, y esquivó el último reproche. Después, entró a mi cuarto y se despidió. Tuvo esa deferencia. Frente al volante de la camioneta, le delegó el mando de la estancia a Jesús Amaro, que estaba firme como un granadero. Enseguida, nos enteramos de que había hecho escala en la estación de servicio de la ruta. Cargó combustible. Tomó café de máquina y lo saboreó como si fuera un manjar. Allí se encontró con Donato. El playero de la estación dijo que cuando mi padre llegó, el mellizo hacía dos horas que lo esperaba, medio escondido entre unos eucaliptus. Andaba con una valijita de cartón. Dijo también que se dieron un abrazo. Y que Huanco estaba feliz como perro con dos colas, así lo expresó el playero. Dijo que arrancaron para el lado de Buenos Aires y que parecían apuradísimos porque enseguida se perdieron en la distancia. En ese instante, pienso yo en este momento, Alfonso Kendell, que supo ser una persona llena de virtudes, cruzó el umbral que lo convertiría, de un momento al otro, en el más despreciable de los traidores.

# 19

El fracaso del matrimonio fue menos un revés personal que una falla en el paisaje. A partir de ese hecho, el campo, la escena que nos rodeaba, cambió por completo. Todo parecía levemente corrido, con veladuras, distorsionado. Concretamente, se alteró la materialidad de las cosas. Esta cuestión tuvo su correlato en las manos de mi madre, que empezaron a temblar. No era un estremecimiento manifiesto, sino, más bien, una agitación que se revelaba, más que nada, en su letra. Antes de que mi padre la abandonara, ella tenía una caligrafía redonda, volcada hacia la derecha, muy cristalina, pero después de que pasó lo que pasó, su escritura se volvió vacilante, sobre todo en las consonantes de trazo largo como la *T* o la *P*. La verdad es que mi madre no escribía mucho, solo alguna que otra esquela perdida, pero, a partir de la ausencia de su marido, se ocupaba de los cheques, y en la firma, más que nada, se hizo evidente esta cuestión.

Mi abuela y yo nos quedamos calladas frente al temblor, ya teníamos bastante con la locura de mi padre. Pero mi madre misma, una mañana, se miró la mano derecha y dijo: Esto no es normal. Qué me está pasando. Y actuó con rapidez. Fue a un neurólogo de Salto que en la primera consulta le dijo, con toda claridad, que su enfermedad era emocional y que iría mejorando de a poco hasta desaparecer. Efectivamente así ocurrió.

*

Mi padre, en tanto, continuó con su vida. Se transformó en un perfecto canalla. Y en un cínico de manual. Alquiló un departamento en Recoleta y se instaló con Donato Huanco. Una locura por donde se lo mire. Pero, como le gusta decir a mi abuela, qué hacer con la estupidez salvo esquivarla. Rebelarse suponía darle sentido al disparate. Lo mejor era quedarnos tranquilas y seguir con lo nuestro a como diera lugar. Eso intentamos, pero no fue para nada fácil. De hecho, mi madre no lo logró. La ansiedad la persuadió de que debía rescatar a su marido. No aguantó ni cuatro días en el campo. Temblorosa y todo, se fue a la capital hecha una furia. Encarnó de manera ejemplar su rol de despechada. Por lo que me enteré después, armó escándalos imperdonables. Pero hubo uno, en el Posadas Bar, que fue el peor de todos. Tenedor en mano, atacó a Donato –que la habrá provocado con sus diminutos ojitos de rata–, rompió el vidrio de la ventana que daba a Rodríguez Peña y, cuando vino la policía, se desmayó. Con ese episodio llegó a su límite. Alguien –supongo que mi padre– le avisó a mi abuela, que, veloz como un rayo, cruzó la pampa para rescatarla.

*

Las cosas fueron de mal en peor. El exhibicionismo de mi padre se combinó con nuestra curiosidad. Desde siempre, me guía un axioma: nada de lo que pasa en la vida es casual. Resulta que el encargado del departamento que alquiló mi padre, un tal Walter, era pariente de Celestina. Por lo tanto, las noticias de la pareja Kendell Huanco nos llegaban al instante. Conocíamos sus rutinas, sus salidas y hasta la marca del vino que tomaban. Las novedades, como es de esperar, nos destrozaban el corazón, pero no podíamos dejar de consumirlas. El malestar se nos había vuelto adictivo.

Como todos los enamorados, mi padre y Donato compartían un presente perfecto y los dos, creo yo, eran conscientes de lo efímero de aquel estado. La posibilidad del fracaso, a todas luces inevitable, los ponía frenéticos y hacía que estuvieran en constante movimiento. Iban de acá para allá: *vernissages*, cenas, paseos en lancha, viajes. Mi padre, que conservaba intacta su distinción, le había comprado ropa a su novio. Ahora, Donato andaba con chombas de cuello piqué y pantalones de gabardina. Si no hubiéramos sido las principales afectadas, la situación hubiera dado para desternillarse de risa.

En aquella época, no recuerdo a través de quién, nos llegó una foto de la pareja en Mar del Plata. Estaban en la explanada de la confitería Boston. Mi padre tenía puesta una camisa celeste. Miraba a la cámara, plantado con un optimismo casi grosero. A su derecha, Donato arrugaba los labios en un gesto de asombro. Vivía un milagro y él lo sabía. Los milagros, maldita sea, deberían ser asignados por orden de mérito. Las tres –mi madre, mi abuela y yo– nos retorcíamos de asco.

El rencor nos consumía y, al calor de nuestros vapores, entramos en acción. Llamamos a Jesús Amaro –el grito fue unánime– y le dijimos que Hilario Huanco debería pagar las consecuencias por ser mellizo de la bestia. Lo teníamos a mano y, como estábamos enfermas de odio, pensamos en desquitarnos con él. En estas cosas, de más está decir, no cuenta la justicia. Jesús Amaro lo entendió y, con un gesto dulce, casi paterno, nos entregó la cabeza del peón. Maltratamos a Hilario hasta que nos cansamos. Lo llamamos degenerado, malparido e ignorante. Y, cuando ya no quedaba nada de él salvo una montañita de polvo hediondo, lo condenamos al destierro. Váyase de acá, pedazo de basura, le gritamos a coro. El pobre Huanco apenas levantó la mirada de sus alpargatas bigotudas. Salió de La Circunstancia montado en su yegüita castaña. Llevaba un atado de ropa en bandolera, un calentador Primus de lata y la seguridad de que las faltas de su hermano lo seguirían como una sombra.

*

La diáspora familiar comenzó con mi padre. Por eso a nosotras no nos costó abandonar la estancia. Hay que decirlo, la ciudad es una expresión del desierto. Con los mismos riesgos, pero con trampas más refinadas. Recalamos en Buenos Aires por varios motivos, pero hubo uno principal: yo tenía que empezar el secundario. Hacerlo en Gahan hubiera sido una condena. Nos instalamos en el departamento de la calle Paraná, frente a la plaza Vicente López. Trajimos a Celestina y a Cristela que –la pura verdad– estuvieron encantadas de venirse con nosotras. Fueron épocas de emociones y sacrificios. Preparé el examen para ingresar al Lenguas Vivas y me saqué una nota excelente. Cuando lo supe, grité y salté de alegría. Mi madre, en cambio, reaccionó con indiferencia, la pobre seguía fija en su pérdida. Creo que, si no hubiera sido por mi abuela, yo no hubiera sobrevivido la juventud. Hubo una época en que mi madre vivía a base de sedantes. Apenas salía. Íbamos a tomar el té a alguna confitería y, si el clima era bueno, dábamos una vueltita. Eso era todo.

*

Así pasaron los meses. De a poco, entramos en nuestras rutinas, y las ocupaciones, como es sabido, resultan siempre un amparo. De todas formas, vivíamos con el corazón en la boca. Nos daba terror cruzarnos con mi padre y el diablo de su novio. Por fortuna eso no pasó. En el cosmos, hay un orden que regula esas cosas. Estoy segura. Mi fantasía, con la que recreé mil veces el episodio, llegaba a su apogeo cuando, literalmente, nos estallaba la cabeza. Pero, como bien dice mi querida abuela: No hay mal que dure cien años ni cuerpo que lo aguante.

*

Walter, el pariente de Celestina, siguió siendo nuestro informante. Por él nos enteramos de que las cosas entre mi padre y Donato habían empezado a languidecer. Según el portero, mi padre había perdido el entusiasmo. Desaparecía, salía a la mañana y volvía a la noche. Donato, que no tenía la menor autonomía, se pasaba el día entero enclaustrado. Lo único que hacía era comer, fumar —se había aficionado a los Kool mentolados— y estar tirado en la cama. En poco tiempo, la depresión le cambió el aspecto. Se puso gordo como un chancho y pálido como un papel. Además, típico despechado, le reclamaba cosas a mi padre. Las discusiones, entonces, se hicieron cosa de todos los días y se pusieron cada vez más violentas. Una noche, como es lógico, los vecinos, alarmados por los gritos, llamaron a la policía. El asunto terminó en un escándalo. Los metieron a los dos en la comisaría de la avenida Las Heras. En ese edificio, los demoraron más de la cuenta y cuando salieron, según nos contó Walter, estaban magullados. Se merecen eso y mucho más, dijo mi madre cuando se enteró.

Según parece, después de aquella historia, la cosa entre ellos cambió para siempre. Sin duda, el rechazo de mi padre hizo que Donato se pusiera demandante, y no hay peor cosa –lo digo por experiencia– que exigir lo que no existe. Mi padre se hartó –siempre fue un poco fóbico– y actuó en consecuencia. Sacó un pasaje a París y un día, entre gallos y medianoche, se tomó el avión hacia Europa.

Como es lógico, su compañero quedó perdidísimo. Huanco no tenía la menor idea de cómo moverse en Buenos Aires. Walter nos contó que el paisano estaba desolado. Comía empanadas de El Sanjuanino y compraba cartones de cigarrillos en el quiosco de Callao. Esas costumbres duraron hasta que se le terminó la plata. Entonces, desesperado, se enclaustró en el departamento a resistir. Imposible saber qué tenía en la cabeza semejante bruto. El asunto es que el dueño de la propiedad –que, según averiguamos, había sido director del Banco Provincia–, consideró a Donato un usurpador y lo desalojó con la fuerza pública. Por aquellos días, Celestina tuvo la mala fortuna de cruzárselo en la plaza. Nos contó que estaba hecho un croto. Llevaba un atadito de ropa en bandolera –me acordé del que cargaba su hermano cuando se fue de La Circunstancia– y dormía en los galpones del Mitre. Muy triste todo. Merecido –hay que decirlo–, pero triste.

Un año más tarde, nos enteramos de que Donato se había ido a Carlos Casares. Seguramente, alguien le tuvo lástima y lo contrató como peón de campo. Este trabajo lo venía haciendo desde que era un crío, pero duró poco, casi nada, en esa estancia. Lo terminaron echando porque se pasaba el día entero borracho. Y cuando digo el día entero, según me contaron, hablo de las veinticuatro horas. Eso fue lo último que supimos de Donato Huanco. Vaya a saber Dios cómo terminó el pobre infeliz.

## 20

La carta más importante que recibí en mi vida fue de mi padre. Me la mandó desde París a poco de irse. Ese degenerado en esta casa no existe, dijo mi madre cuando vio el sobre. El hecho de que me escribiera le parecía un ultraje a su persona, pero hubiera reaccionado igual si me olvidaba. La verdad es que yo no sabía qué hacer. Nada la conformaba. En un momento, pensé que era una tontería hacerme cargo de su malestar. Esta idea –tan simple, tan elemental– me sacó un peso de encima, y una noche, en la intimidad de mi cuarto, abrí el sobre sin culpa. Mi padre no se lamentaba ni pedía perdón. Hablaba del futuro, de un futuro que compartiríamos. Creí firmemente en lo que decía. No tenía por qué no hacerlo. Sus palabras parecían sinceras y, a pesar de todo lo que había ocurrido, siempre tuve en claro que me quería. Aquella carta, simulada o no, funcionó como un salvoconducto para atravesar la adolescencia.

*

Para esa época, más o menos, fue el episodio de la Bruja, la mujer que visitaba con mi abuela cuando yo era chica.

Según las cocineras –siempre al tanto de todo–, en el pueblo había crecido la mala fama de la vieja. Un día, uno de sus perros mordió a un puestero, y este hecho tan insignificante fue la gota que rebalsó el vaso. Apenas le lastimó la pierna, pero la gente, que ya estaba ensañada, terminó de enloquecer. Los paisanos se agruparon y le hicieron la vida imposible. No la dejaban entrar al pueblo, y cuando la cruzaban en los caminos, le tiraban los carros encima. No sé si esto habrá tenido que ver con lo que pasó después, pero por lo menos resulta significativo.

El asunto es que un sábado a la noche, la vieja, después de muchas refriegas, decidió librar su gran batalla. A las nueve en punto apareció en la esquina de la plaza. Andaba con la pelambre más desordenada que de costumbre. Los que la vieron dicen que tenía la mirada extraviada. Estuvo inmóvil cinco minutos y, de golpe, como si cumpliera una orden, se largó a caminar. Muy decidida, cruzó la plaza en diagonal, a buen paso, y cuando llegó al medio, se detuvo en un lugar –como si hubiera estado previsto desde siempre–, abrió los brazos en cruz y gritó: Yo no hablo por hablar, hijos de puta. Y repitió: No hablo por hablar. Acto seguido, ocurrió algo inconcebible. La Bruja, así como estaba, desgreñada y loca, harapienta, entró en combustión; es decir, empezó a arder como una antorcha. Las llamas brotaron de su cuerpo con toda naturalidad y en pocos segundos estaba incendiada. El hecho, como es de esperar, paralizó a los presentes, cuya única reacción fue taparles los ojos a los chicos para evitarles el trauma. Por ese motivo, supongo, el fuego se afirmó en la mujer y, cuando intentaron ayudarla, ya era tarde. El episodio fue breve y dejó a la Bruja convertida en cenizas. Alrededor de ella, el suelo quedó manchado con un hollín grasiento que, según nos contaron –y nosotros comprobamos después– resultó imposible de limpiar.

Aquel suceso tan estrafalario se instituyó de inmediato como la principal mitología del pueblo. Se habló mucho del asunto –de hecho, durante varios meses no se conversó de otra cosa– y a nosotras, establecidas en Buenos Aires, nos iban llegando los ecos. Recuerdo, por ejemplo, que el concesionario del restaurante del Jockey, un tal Avelino Porto, homónimo del fundador de la Universidad de Belgrano, tenía una insólita teoría sobre la combustión espontánea. Decía que el mal, cuando es excesivo y está alojado en un lugar cerrado, destila una hiel inflamable. La Bruja, con toda seguridad, lo tenía en el estómago –dónde si no– y, combinado con el alcohol que sin duda había tomado, generó la llama inicial que dio pie a la tragedia. Las hipótesis fueron diversas, pero todas coincidieron en que el asunto se relacionó con el precio a pagar por una vida canalla. Ni la ciencia ni la religión ayudaron a entender lo ocurrido y, a falta de versiones oficiales, se terminó por afirmar la verdad despareja de los rumores.

\*

Ese año, el primero de mi secundaria, lo terminé en automático, pero me asimilé con facilidad a mi grupo de compañeros. El último día de clases, compramos Coca, pan y fiambre, y nos fuimos a plaza Mitre a hacer un picnic. Me tiré boca arriba en la cuesta y, cosa extraña, noté en la espalda la fuerza de la tierra como jamás la había sentido en Gahan. Nos quedamos hasta que se fue el sol y la pasamos genial. Volví a mi casa por Gelly y Obes y antes de llegar a Las Heras encontré en una cuneta, entre el cordón y la rueda de un Peugeot, un gato barcino. Era una cría indefensa y por primera vez sentí que un animal me conmovía. No pude aguantar la tentación, lo metí en un bolsito Adidas que usaba en ese momento y me lo llevé. Mi madre puso el grito en el cielo. De más está decir que no me importó en lo más mínimo lo que pensaba sobre las mascotas en general y sobre la mía en particular.

A la mañana, llevé al gato al veterinario. Dijo que era una hembra y me recomendó unas pipetas para desparasitarla. La llamé Laureana, igual que la yegua del jeque. Dormía en mi cuarto, sobre una frazada a cuadros, y era cariñosísima. Yo, completamente enternecida, le daba agua en una taza de porcelana como si fuera una reina. Enseguida ese animalito se volvió imprescindible para mí. También para Celestina y Cristela, que la malcriaban a más no poder. A la mañana, Laureana dormía en el balcón sobre una mesa enchapada en mayólica. Cuando despertaba, se limpiaba la cara con las patas. Ponía tanto empeño que, más que higienizarse, parecía querer borrar un mal sueño.

\*

La primera semana de enero, mi madre tuvo una idea. Quería que pasáramos una temporada en Gahan. Me resigné lo mejor que pude. Era el último plan que hubiera elegido, pero no tenía margen para negarme. Armamos los bolsos y nos fuimos en un remís, de madrugada. El alumbrado público estaba encendido y el aire, pesado de rocío. En aquella salida, no sé por qué, hubo algo clandestino. La impresión era que nos escapábamos de la ciudad, y esa sensación influyó en nuestro ánimo. Íbamos pensativas, con la mirada en la ruta, mudas. De golpe salió el sol y todo cambió. En algún lugar leí que los chinos dicen que irse es volver a volver. Nada más aplicable a ese viaje. Sin saberlo, mi madre y yo compartíamos una esperanza. Queríamos que el campo desmintiera el pasado.

El camino desde la ruta a la estancia estaba hecho un desastre, completamente poceado. Y, por si fuera poco, después de la tranquera habían cortado los árboles. No existía más el hermoso corredor de sombra que antes llegaba hasta el casco. Habían quedado los tocones como testimonio de la tala brutal. Se salvaron un aguaribay frondoso y media docena de paraísos.

En la casa, nos recibió Jesús Amaro con aires de patrón. Amable, pero distante. Estaba sin sombrero y mucho más gordo. Mi madre le pidió que bajara los bolsos del auto, pero él se quedó rígido como un poste. Pasamos por alto su falta de cuidado y avanzamos hacia la casa. Como la puerta de la cocina estaba cerca, nos metimos por ahí. Una chica menuda –al primer vistazo, pensé que era una nena– nos ofreció agua.

Nos llevamos el vaso a los labios y entró Jesús Amaro con cara de disgusto. Quería hablar con mi madre. Yo estaba extenuada y aproveché para salir un rato a espabilarme. Fui hasta el remís –el chofer esperaba que alguien bajara el equipaje– y respiré el aire de campo. Desde un algarrobo, un carancho me clavó la mirada. Después abrió las alas y planeó hasta una jarilla. El calor lo volvía más oscuro, casi negro. Estuve segura: aquella escena –por el pájaro, pero no solo por él– sería histórica para mi vida. Distinguí el sol perfecto, una manguera verde enrollada y dos chapas marca Tover, pero esas tres cosas fueron las únicas que llegué a registrar porque, cuando estaba dedicada a esa tarea, mi madre salió de la casa hecha una tromba. Dijo: Se van todos a la mierda. Subimos al auto y antes de que llegáramos a la tranquera, completamente demacrada, se largó a llorar.

*

Alquilamos un cuarto en el único hotel del pueblo. La ropa de cama olía a humedad, pero el lugar, en general, era limpio. Su atracción principal era un sillón de mimbre con las patas desiguales bajo la sombra de una glorieta. A mi madre le costó calmarse. Se sonó ruidosamente la nariz y se acostó un rato. Cuando se levantó, me contó que mi padre nos había jugado una mala pasada. Nos desheredó esa basura, dijo. Le acaricié la cara como ella hacía conmigo cuando era chica, pero no le creí una palabra. Pensé que hablaba por despecho. Más allá de su confusión, imaginé que mi padre era honorable y, por sobre todas las cosas, nos quería. Sin embargo, me equivocaba: sus abogados habían redactado un documento incendiario que fue el inicio de un proceso que nos empobreció. De todas formas, en ese momento pensé que llevaríamos las de ganar. Hasta mi propia biología me respaldaba, pero esa confianza se debilitó con los años. El equipo legal de mi padre mostró su destreza. Se apoyaban en tres pilares: la mentira, el disimulo y la tergiversación. De ese modo armaban sus alegatos y, hay que reconocerlo, eran implacables.

# 21

Nos quedamos una semana en el hotel. El conserje, un paisano tímido con un incisivo roto, nos malcriaba. A las nueve, puntualmente, traía el desayuno y durante el día era nuestro esclavo. Mi madre usaba el sillón de mimbre como centro de operaciones. Se juntó con un abogado local que vino tres veces y repitió lo mismo: Ante la duda, todo. Lo odió al minuto de conocerlo. No se lo decía, pero lo expresaba con todo el cuerpo. El rechazo fue tan evidente que el tipo renunció enseguida. Usted no confía en mí, le dijo. Mi madre respondió: Tiene razón. Saldemos cuentas y se me manda a mudar. Acto seguido, llamó a un estudio de la capital. Mandaron a una chica con melena de fuego que manejó la situación *a piacere*. Dibujó un diagrama en una hoja, habló de leyes, tomó café y volvió a las apuradas a la ciudad. Mi madre se calmó al saberse en buenas manos. Es muy profesional, dijo. Sabe lo que hace. Esa noche llamó a mi abuela. Le detalló el problema y la solución. Ya está todo encaminado, confirmó. Pobre mujer. No tenía idea de con quién se había casado.

Mientras ella defendía lo nuestro, yo me aburría como una ostra. Miraba televisión y le pedía medialunas al conserje. A última hora, me asomaba por la ventana y veía siempre lo mismo: un chico que correteaba gallinas y, un poco más atrás, la rotunda indiferencia del campo. La última tarde que pasamos en el pueblo, divisé un taller mecánico. Escuchaban radio a todo volumen. Los pájaros, alborotados por el ruido, saltaban de rama en rama. Había dos tipos en ese galpón. No se hablaban. Su apatía era tan fuerte que se me pegó al cerebro y me acompañó hasta la cena. Ocupamos la mesa de costumbre en el restaurante del hotel. Le pedimos pollo asado a una mujer vestida con ropa pesada de invierno.

*

No veo mi vida con claridad. Me faltan elementos de juicio para decidir. Por eso, reacciono como puedo. Me equivoco siempre, pero el error es movimiento, y eso, de por sí, sirve. Volvimos a Buenos Aires en un remís que parecía un coche fúnebre. En casa, nos recibió mi abuela. Lo primero que dijo fue que la gata se había fugado. Salí desesperada a buscarla. Le pregunté a las cocineras, que la querían tanto como yo. No sabían nada. Después, al portero. Es barcina, le dije. Hocico largo. Encogió los hombros. Me amargué espantosamente y tuve un pensamiento estúpido: en la ciudad no había gradaciones, se pasaba del blanco al negro sin escalas.

Me tiré en la cama a llorar y le pedí helado a Cristela. Trajo una bocha de crema cuando sabía perfectamente que prefería sabores frutales. Se lo marqué y se mordió el labio. Todos los gustos son iguales, me dijo. En ese momento, dimensioné la falta de mi padre. Hasta la idiota de Cristela había entendido nuestra flaqueza. La situación me dio terror, pero como soy fuerte, no tardé en reaccionar. Pensé que la coyuntura debía funcionar a mi favor. Sería el gatillo que me convertiría en una leona.

*

Para distraerme, fijé un encuentro con mis compañeras del colegio en el Pumper de Santa Fe. Más que la amistad, nos unía el horror al verano. Rapidísimo, la hamburguesería se convirtió en nuestra guarida. El lugar era horrible, pero tenía sus ventajas: aire acondicionado, buenas ventanas, tránsito de gente joven. Allí fue donde por primera vez me sentí atraída por alguien. Me gustó un chico de ojos rasgados del Mallinckrodt. Tenía la cara triste y asocié ese detalle con la sensibilidad. Soy incorregiblemente fiel a los lugares comunes. Sus amigos, cada tanto, lo cacheteaban en la nuca para devolverlo a la realidad. Era adorable, un muñequito de torta. Le hablé en la puerta del local. Andaba con una remera azul con el escudo del colegio. Nos encontrarnos esa misma tarde. Caminamos las interminables cuadras de Libertador hasta el planetario y me contó que se llamaba Duong. Yo pensé que era coreano, pero había nacido en Hanói. Su padre era diplomático. En la segunda salida, fuimos al Museo de Bellas Artes a ver unos collages de Carlos Alonso. Después, nos sentamos en un banco de plaza Francia. Agarrados de la mano, nos besamos con la boca cerrada. Nuestra relación fue eso. Besos secos y charla. El sufrimiento de Duong, me enteré después, no era por su condición emocional sino porque tenía colon irritable: dolores de panza, estreñimiento, diarrea. Su vida era un calvario, pobre chico. En nuestro último encuentro, me regaló una medallita con la imagen de la virgen milagrosa. Le dije que no era creyente. Duong me miró confundido. Dijo, con su voz quebrada, que en el Mallinckrodt le habían enseñado que todos los occidentales eran cristianos.

A la semana, empecé a esquivar nuestros encuentros. Me había dejado de gustar. La verdad es que esas cosas no se manejan. Por supuesto obvié las explicaciones, para qué cortar algo que ni siquiera había empezado. Duong pensaba lo contrario, un amigo suyo me lo contó en el Pumper. Entonces, creí que mi desinterés sería buen remedio. Me equivocaba.

Un día, iba por la subida de Rodríguez Peña y me detuvo una desconocida. Era la madre de Duong. Estaba hecha una furia. Por mi culpa, dijo, su hijo estaba triste. Quise replicar, pero levantó la mano para tomar envión y golpearme. Era una vietnamita de brazos cortos y cuello también corto, casi oculto por una camisa de seda. Su amenaza surtió efecto. Llegué a casa y caí en la cama. Al rato, recobré el ánimo y pedí helado. Me trajeron de crema. Por segunda vez, la realidad se expresaba en mi contra.

*

Pasó el verano volando. Y en marzo, sin transición, se instaló el invierno. Mi madre estaba impaciente con el estudio jurídico que la representaba. En enero, todo resultaba un simple trámite, pero ahora el asunto se complicaba. La causa estaba paralizada. Siempre había excusas para la demora: malos entendidos, ferias judiciales, erratas.

La chica con melena de fuego parecía menos astuta que en Gahan. Venía a casa una vez por semana. Se acomodaba en el living con su traje Givenchy. Cristela le servía té y mi madre la escuchaba. Al comienzo, hablaba con coherencia, pero de a poco iba perdiendo el hilo y terminaba en un berenjenal. Su pelo encendido –radiante en el primer encuentro– se había debilitado por completo. Ahora lo tenía deslucido y quebradizo. A pesar de que afectaba mis intereses, me daba cierto placer verla abatida.

*

Empezaron las clases y la oferta de lugares para pasar el rato se multiplicó. Armamos un grupo con tres compañeras y empezamos a salir día por medio. Nuestro límite era la avenida Coronel Díaz, más allá empezaba la monstruosa oscuridad del suburbio, que –lo aprendí rápido– era más peligrosa que la del desierto. Como buenas jóvenes, queríamos vivir radicalmente las emociones, y esta decisión nos ponía ansiosas porque no teníamos idea de cómo hacerlo. En esa época, descubrimos nuestros cuerpos, tan extraños como la ciudad en la que vivíamos.

Me adapté a mis compañeras y aprendí a quererlas, pero por mi relación con el arte siempre estuve un paso delante de ellas. Era audaz frente a lo desconocido, y esta situación me preservaba y me exponía al mismo tiempo. Avanzar compulsivamente era mi lema. Me llevaba bien con la incertidumbre. Nunca tuve en cuenta las amenazas del camino. Jamás. Frente a un eventual peligro recurría a *Scotland Forever!*, el óleo de Elizabeth Thompson. La arremetida de las tropas británicas contra el ejército de Napoleón me empujaba a decidir. Sobre todo, la mirada enloquecida de los caballos, esos animales blancos y rabiosos, funcionaba como pilar de mi valor.

Teníamos un lugar preferido para pasarla bien. Era un bar que quedaba en un primer piso, sobre Pueyrredón, a metros de Córdoba. Se subía por una escalera angosta con un único descanso. El salón era enorme con una barra de madera en un costado. De las paredes colgaban fotos de películas viejas. Había una magnífica de Sophia Loren. Estaba sobre un bote con un vestido floreado pegado al cuerpo. Sus ojos almendrados, enormes, terribles, parecían dos lanzallamas. Creo que con esa mirada proyecté la imagen de mujer que me propuse ser. El sitio se llamaba Deep Blue, pero estaba alumbrado por unos spots de luz amarilla. Servían tragos y cerveza. Para todo usaban vasos de plástico con un logo extraño. No se admitían menores de edad, pero, salvo el personal, todos allí lo éramos.

En Deep Blue conocí a Franco. Me deslumbró a pesar de su acné feroz, que se concentraba, más que nada, en el mentón. Usaba muñequeras y pantalones Wrangler. Representaba a un cowboy indomable. Hablaba con oraciones cortas y tajantes. La impresión era que no tenía nada que perder. Su cuerpo joven cargaba la propia libertad. Cuando lo traté un poco, noté que esa determinación, que al principio imaginé situada en el pecho, se escondía, en realidad, entre los pliegues de su dentadura. De la magnífica boca de Franco brotaba el entusiasmo con una fuerza enorme. En nuestros primeros encuentros, me resultaba imposible mirarlo de frente.

Me ignoró dos meses. Literalmente, no me registraba. Su desinterés era tan grande que una vez me llevó por delante –como si fuera una silla– y ni siquiera se dio cuenta. Yo moría de amor. Cuando me habló, fue para saber algo de una amiga que tenía el pelo naranja como una zanahoria. Aproveché la oportunidad. Me mostré atrevida, dispuesta a todo. A las dos horas, estábamos en un vestíbulo de la calle Mansilla. Franco me apretaba contra la pared como si quisiera amurarme. Exploraba mi boca con su lengua inquieta y me metía mano. Yo lo dejaba. Estaba tan ansioso que, más que excitado, parecía incómodo con la situación. Cada tanto me respiraba en el cuello. Cuando nos separamos, noté que mi cuerpo olía a desodorante, cigarrillo y chicle de frutilla. Ese era el perfume de mi chico.

Un día me invitó a su casa y a mí se me cortó el aliento. Sentí miedo, pero, al mismo tiempo, noté que se me cumplía un sueño. Franco tenía un hermano esquizofrénico. Lo dijo así: Mi hermano está loco. Lo cuida una vieja. Ese dato le sumó curiosidad a la aventura. Mi chico vivía en pleno desierto: Oro y Güemes. Fui porque sabía que la experiencia valdría la pena. Llegué puntual –me había citado a las catorce– con una botellita de agua mineral en la mano. Era un martes de julio y hacía un frío de mil demonios. Franco me recibió con un beso rápido y, sin solución de continuidad, atravesamos un living oscuro. De pronto, escuché un mugido y giré la cabeza. Distinguí a un muchacho que parecía un animal, el pelo desgreñado, la boca entreabierta. Frente a él, una mujer extendía una cuchara.

Saverio, dijo Franco, mi hermano, y me agarró de la mano. No, de la mano, no: de la muñeca. Entramos a una habitación saturada de muebles, y antes de que pudiera normalizar mi respiración, se me tiró encima. Caímos en una camita de una plaza y empezamos a forcejear. Resolvimos así algo que, inexplicablemente, se planteó como un equívoco. De golpe sentí un ardor entre las piernas. Franco se movía sobre mí. Después se paró de un salto, tomó aire y, sin la más mínima exclamación, eyaculó tres gotas sobre el parqué. Enseguida, vaciamos mi botellita de agua y, sin demasiado intercambio, me fui. Antes vi cómo él tendía la cama a la perfección. Quería suprimir hasta el más mínimo pliegue. Nos encontramos un par de veces más en su casa. Pude ver mejor a Saverio. Tenía la cabeza ovalada como una pelota de rugby. En cuanto al sexo, fuimos tomando confianza. Los encuentros se hicieron más relajados, pero, de todas formas, había algo en la manía que tenía de alisar la colcha que empezó a afectarme. En otras palabras, la manera en que tendía la cama demostraba que era un cobarde. O un tramposo. El asunto es que cortamos de mal modo en el mismo rincón de la calle Mansilla donde había empezado todo. Le grité en la cara que era un idiota. Tuve que dejar de ir a Deep Blue, pero la verdad es que casi que no me di cuenta. Para esa época, me había anotado en un curso en la Panamericana de Arte. A la semana de no ver a Franco lo había olvidado junto con todos los detalles de su triste vida.

# 22

Mi profesora de latín se llamaba Mellet y era brillante. Citaba a Cicerón de memoria. Erguía el mentón, entornaba los ojos y se ponía a declamar. Entraba en una especie de trance. Yo caía rendida a sus pies.

Mellet tenía el mismo estilo que mi maestra de Gahan. Y la misma ironía. Las dos odiaban la estupidez y jamás se quedaban calladas. Mellet decía: Vicio y justicia son lo mismo. Decía: Interpretar la ley es corromperla. Y estaba en lo cierto.

Mi madre, por caso, cambió tres veces de abogado. A la chica de melena de fuego la reemplazó un muchacho flaco y a este, un viejo igual a Sinatra. Todos fracasaron frente a los letrados de mi padre, que escribían alegatos magistrales en sus oficinas de lujo. El perfil de la firma se basaba, justamente, en la experiencia y la distinción. Era uno de los estudios más cotizados de Latinoamérica. Lo había fundado gente ilustre a comienzos del siglo pasado y, como decía mi abuela, no daban puntada sin hilo.

La cuestión es que nosotras estábamos cada vez más pobres. Jamás nos faltó nada, pero nuestra economía era estricta. Por cierto, cuando cumplí diecisiete años, echamos a Celestina para recortar gastos. Conocíamos su carácter, por eso organizamos un plan para evitar escándalos. Mi madre la obligó salir de casa con cualquier excusa y cuando volvió, el personal de seguridad del edificio le impidió la entrada. En la calle, su margen de negociación disminuyó a cero. Sinatra, impecable, bajó con un documento dentro de un folio.

Celestina firmó a regañadientes. Contra entrega de la renuncia, recibió sus pertenencias y un pasaje de ómnibus para que volviera al pueblo. Como era obvio, se puso a llorar. Me amargó verla así, pero lo cierto es que, como bien decía mi madre, las cosas no estaban fáciles para nadie.

*

En cuanto a mí, terminé la secundaria y sentí que se abría un pozo bajo mis pies. No tenía idea de qué hacer con mi vida. Había empezado a dibujar en un atelier que quedaba por Belgrano, pero la profesora no tenía mucho que ofrecer: su resumen de cinco verdades y punto. No era poco, pero yo buscaba otra cosa. Sea como fuere, insistí y me puse a bocetar pájaros, decenas de pájaros de distintos tipos: estorninos, gorriones, tordos, cabecitas negras y jilgueros. Después, influida por una muestra de Víctor Brauner que vi de casualidad, distorsioné la figura humana. Mi mayor logro fue el retrato de un hombre cubierto de cerrojos. Lo expuse en una muestra colectiva del taller. La profesora me felicitó y, como no supo qué decirme, habló de un detalle de la composición. Su comentario me resultó tan tonto que, cuando terminó de hacerlo, sin decir una palabra, me di media vuelta y me fui. No volví jamás a su estudio.

Como estábamos a comienzos del verano, me tomé todo con calma. La ansiedad aumenta la confusión. Pensá bien qué querés hacer. Quién te corre, dijo mi abuela. Eso hice. Empecé a madurar la idea de pasar el verano en la ciudad. Prendí el aire acondicionado, me tiré en la cama y me dediqué a mirar el techo. Le pedí helado a Cristela y trajo dos bochas de frutilla. Las cosas empiezan a ordenarse, pensé.

Para distraerme, quise leer. Agobiada por el calor, no tuve voluntad para ir a comprar libros. Me arreglé con una biografía de Henry Ford en inglés que encontré en la biblioteca. Me aburrió espantosamente, pero persistí para practicar el idioma. El autor era complaciente con su protagonista, lo citaba a cada rato. Hubo una frase que se me pegó. Era el colmo de la idiotez: No hay nadie que sepa tanto como para afirmar qué es posible y que no. Por puro juego, empecé a mecharla en cualquier conversación como si fuera un pensamiento mío.

*

Verano en Buenos Aires, dije, pero el azar se impuso. En febrero una amiga de mi madre, María Josefina, nos invitó a Cariló. Ella y su hija Lucila nos atendieron a cuerpo de rey. Desayuno: café, frutas frescas y tostadas con mermelada. Pasábamos el día en la playa o bajo un aromo, con té frío a mano. Hacíamos vida sobria, nos íbamos a la cama a las once, puntualmente. Las habitaciones tenían techos altos. Eran ambientes confortables y frescos y, de alguna manera, funcionaban como extensiones de la personalidad de María Josefina. Había algo afectuoso y sombrío en el carácter de esa mujer.

Lucila tenía mi edad y cada tanto se veía con un grupito de amigos. Yo me resistía a acompañarla, pero insistía tanto que un día fui. Eran cuatro, tres varones y una chica flaca que parecía una nena. Se reunían en un parador cerca de Ostende. Eran tres años más grandes que nosotras. Hablaban de surf y hacían rankings con las mejores playas del mundo para practicarlo. Una vez, uno de los chicos me invitó a pasear en cuatriciclo. Nos encontramos a la tardecita. Anduvimos por la orilla y, cuando vimos una brecha, nos metimos al arenal.

Trepamos a un médano alto, y él, para demostrar coraje, se largó por una ladera sin consultarme. La bajada se complicó cuando la pendiente se hizo abrupta. No alcanzamos a asustarnos, fue cuestión de segundos. Volcamos estrepitosamente, un accidente de todos los días en las playas argentinas. Tuvimos un vuelo corto y aterrizamos en la arena. Un par de horas más tarde, desperté en el hospital de Pinamar. Mi cama estaba en un lugar que parecía un escenario. Alrededor mío, la humanidad orbitaba, parecía condenada a las vueltas de su elipse, entregada en cuerpo y alma a la tarea. Yo extendí la mano para reclamar atención, no era capaz de hablar, pero nadie reparó en mí.

Al rato –una eternidad–, vino a verme un médico de planta, Elías Cardone. Me revisó con ojos atentos. Era obvio que hacía mucho que no dormía. Yo aproveché y le espié las manos. Grandes, bronceadas y fibrosas. Manos de gigante, pensé. Cardone me contó que mi compañero se había quebrado los brazos. Yo apenas había sufrido una lesión en la vejiga. La curación debería ser rápida, sin secuelas. De eso no tenía dudas.

Sos una chica sana vos, remató. Yo sonreí, entre tímida y agradecida. En ese momento, no sé por qué, tuve la seguridad de que iba a tener algo con Cardone. Durante mi internación, se comportó como un caballero. Me cuidó, consoló a mi madre y antes de darme el alta, con un gesto distraído, me pidió el teléfono.

Llamó recién a fines de abril. Yo, que tenía todo el tiempo disponible, estaba haciendo un taller de hilado artesanal. Lo daba una vieja que mi madre había conocido en la iglesia del Socorro. Vivía en un petit hotel de la calle Quintana y usaba anteojos redondos. Entrar a su casa era como bajar a una catacumba. En su compañía, me sentía sola y postergada. Por esa época, me acuerdo bien, dedicaba tardes enteras a caminar por Santa Fe. Cada tanto, me metía al cine con dos compañeras del Lenguas. Mirábamos películas de amor y llorábamos a moco tendido. Estábamos convencidas de que éramos mujeres especiales.

En ese marco, recibí la llamada de Cardone. Preguntó cómo estaba de salud y, antes de que le respondiera, me invitó a salir. Estaba en Buenos Aires por un congreso, dijo. El tono de su voz —acostumbrado a los trucos de la medicina— me hizo olvidar que lo corriente entre la gente es el desencuentro. Cenamos en Edelweiss y del restaurante nos fuimos directo a su hotel. Esa noche, empezamos una relación que duró tres años. Cardone era un amante fantástico y me enseñó algunas de sus astucias, pero más que esas cuestiones que, al fin y al cabo, se esfuman, me mostró la energía que tienen los secretos. Porque los secretos definen la identidad. Secreto e identidad van de la mano. Yo aproveché esa revelación y usé ese saber para fundar mi destino, del que —digan lo que digan— nunca jamás me voy a arrepentir.

Elías Cardone era casado y vivía en Pinamar. Cuando lo conocí, tenía treinta y seis años y dos hijas chicas. Vi fotos: unas muñecas. Su profesión le daba libertad de acción y él la aprovechaba al máximo. A poco de empezar a salir le pedí que se separara de la esposa, lo presioné de todas las formas posibles. Era algo importante para mí. Al comienzo, porque estaba enamorada, después por el gusto de ver cómo algo se rompe. La verdad es que nunca me preocupó ser mejor persona. Él veía ese rasgo como un atractivo. No consideraba la bondad como virtud, pero valoraba la inteligencia.

Lo cierto es que el primer año lo pasamos extraordinariamente bien. Hicimos de todo: viajamos y comimos en buenos lugares. Mi madre no podía creer que yo hubiera cambiado tanto. Pasé de la oscuridad a la luz sin escalas. Cada tanto me pedía que le presentara a mi novio y yo le contestaba generalidades. Ella supo acomodarse a esa media verdad. Intuía que el vínculo escondía algo, pero se resistía a ser ave de mal agüero.

\*

Por lo general, Cardone venía a Buenos Aires una vez al mes. Había abandonado el hotel. Ahora, un amigo le prestaba un departamento. Yo me obsesioné tanto con él que terminé por descuidar mis cosas. Durante ese ciclo, por caso, me alejé del arte. Todo lo que veía me parecía tonto. Las obras me resultaban insípidas, predecibles, y este hecho, que cualquiera hubiera pasado por alto, a mí me angustiaba.

Un día, en un arranque de locura, tiré a la basura una caja de lápices recién comprada. Lo único que me distraía era una ocupación que había conseguido a través de mi madre. Ella, por una vecina, se había conectado con gente que seguía las enseñanzas de Lanza del Vasto. El grupo era heterogéneo en sus prácticas: le rezaban a la virgen, meditaban y leían *Autobiografía de un yogui*. También circulaba plata, los miembros hacían donaciones para fundar un áshram cristiano. A mí no me importaba nada todo eso, pero me ofrecieron un trabajo que me salvó la vida: cuidar chicos de gente de la comunidad. Esa ocupación me dio respaldo simbólico.

Esperar a Cardone, entender sus tiempos, exigía resistencia emocional. Y, es sabido, las ocupaciones regulan la impaciencia. Más en mi caso, que la relación había empezado a degradarse. En la última época, casi no hablábamos, discutíamos. De todas formas, manteníamos viva una esperanza descabellada: escaparnos a Brasil. Allí seríamos felices. Él tenía un amigo en Salvador de Bahía que lo emplearía en su clínica. Nos broncearíamos en las playas, comeríamos moquecas y el destino sería benigno. Ilusa de mí. El placer siempre se termina pagando. Aunque, bien mirado, también se condena la falta de coraje para disfrutarlo.

El asunto es que yo podría haber estado la vida entera detenida en esa fantasía. Confiaba en Cardone. No había persona en la Tierra con su experiencia. Desde el comienzo, fue mi tutor y jamás dejó de serlo. Pero de ciertos amores solo se escapa por la ventana. Y ese fue, justamente, mi caso. Yo tenía veintidós años y el destino estaba de mi parte.

La especialidad de Cardone era la cirugía, pero cumplía también otras tareas. Entre ellas, hacer diálisis en una clínica de Mar del Plata. Una tarde entraron a robar. Redujeron a todos, entre ellos a Cardone, y guardaron la recaudación en dos bolsos. Todo resultó bien hasta que, a la salida, la policía los emboscó. Hubo tiros y gente herida. Esa mala emoción se enquistó en él y le despertó una cardiopatía. Algo simple, pero que lo hundió para siempre. Literalmente, dejó de ser el que era. El cambio fue inmediato: del tipo que yo conocía nació otro, débil y miedoso. La cara, huesuda; el pelo, escaso; la espalda, redonda.

Los viajes a Buenos Aires se espaciaron y yo empecé a inquietarme. Lo más insólito de todo fue que con la desaparición del primer Cardone se esfumó también la parte de mí que lo acompañaba. Pasé a ser otra, decidida. Por eso me resultó fácil negarme cada vez que venía. Dejé de estar para él. Me ocupé de otros asuntos. Al poco tiempo, convertí nuestra historia en una anécdota y la vacié de contenido. Después, me puse a repetirla como un loro ante todo aquel que quisiera escucharla. Mi abuela decía que la rumia es buena para digerir el pasto duro.

# 23

Estuve sola un tiempo. Salía con gente, pero no me sentía cómoda. Mis relaciones no tenían peso. Al segundo encuentro, ya estaba buscando una ventana para escaparme. Era algo que no podía controlar, una especie de fobia. La otra persona, para mí, era alguien que venía a usurpar mi territorio. Sin embargo, no vivía esta situación como algo negativo, más bien lo contrario. Por primera vez en años, pude aprovechar las cosas que tenía a mano. Era como si estrenara anteojos. Divisaba mi entorno como jamás lo había hecho. En esa época, por ejemplo, estreché vínculos con los de Lanza del Vasto, que cada vez me ofrecían más trabajo. También, estimulada por el grupo, empecé a hilar lana de oveja. Era un proceso arduo pero estimulante. Lo hacía y me olvidaba de todo, de lo bueno y de lo malo.

Para conseguir la fibra, me iba en colectivo hasta Once. La compraba en la esquina de Lavalle y Larrea. El que atendía, un muchacho joven con lindos ojos de perro, me recordaba a Chaine, el peón que me manoseaba cuando yo era chica. Además, empecé a hacer pan con harina integral. Mientras lo horneaba, jugábamos largas partidas de cartas con Cristela. Después vendía las hogazas a un mercadito de productos de granja. Tenía una economía austera, lo reconozco, pero disfrutaba la vida como si fuera una manzana. Entendí que lo que decía Lanza del Vasto era cierto: los pilares del equilibrio son el análisis, la conciencia y la intención.

*

Armónica como estaba, volví al arte. Por las tardes, me metía en el museo de avenida del Libertador y estudiaba las obras a fondo. Llegué a conocer de memoria la muestra estable. En la sala de la generación del ochenta, por ejemplo, me detenía a ver *El despertar de la criada,* esa aberración de Sívori. Me atraía el morbo, no hay otra posibilidad. La escena del cuadro me parecía horrible –la oscuridad, los muebles, la ropa en la silla– pero más el aspecto de la mujer: la panza, los pies deformes, la curva del hombro. Un día me di cuenta. Miré el óleo y entendí que el arte, con su aire de superioridad, es un malentendido, una suma de equivocaciones.

Esa pintura, por caso, contiene miles de fallas, pero la más evidente es el muslo de la mucama. Esa parte del cuerpo es mucho más larga que lo que busca representar. Si se lo considera desde el realismo, es un muslo imposible. Sin embargo, el pintor supo sortear el registro de la gente. Nadie notó ese despropósito. Y si alguien se dio cuenta, su opinión se asimiló rápido a la del canon. Estamos acostumbrados a los telones y a los biombos. Nuestra mirada obedece rápido. Es normal que la vulgaridad se imponga.

*

Volví también a los *vernissages*. Iba seguido a la galería Arroyo porque quedaba a seis cuadras de casa. Una noche de primavera ocurrió un hecho impensado, algo esperable, pero que no imaginé que podría pasar: me crucé con Papaccio. Estaba viejo, pero igual de seductor. Tenía el pelo largo y canoso. Igual que antes, lo llevaba peinado en una trenza que le cruzaba la espalda. Me miró como si fuera una antigua y cotizada enemiga y esta reacción, por supuesto, me volvió loca.

Antes de las doce, nos fugamos de la muestra. Se había mudado a un caserón en ruinas sobre la avenida Martín García. El lugar tenía su encanto. Papaccio convertía la decadencia en *glamour*, ese era su principal talento.

Nuestra relación, a decir verdad, fue problemática de entrada. De hecho, esa vez, cuando nos despertamos, me preparó café y se puso a hablar de lo provechosa que había sido su gira por Estados Unidos. Cuando se cansó de escucharse, se enojó por cualquier cosa y me pidió que me fuera. Crucé Parque Lezama llorando y me prometí no volver a verlo más, pero al poco tiempo cedí. Estuvimos juntos un año: la inteligencia pierde frente a las emociones.

En esa etapa, busqué refugio en mi madre y en mi abuela, pero las dos estaban ocupadas con la gente de Lanza del Vasto. Iban a coro y a los talleres de cerámica y caligrafía. Según ellas –a esta altura compartían las ideas– el trabajo manual era la mejor manera de poner en acto el espíritu. Sencillamente, no estaban para mí. Cada uno sobrevive como puede, no se le puede reprochar nada a nadie.

\*

Una noche, no aguanté más y dejé a Papaccio. Hacía frío. Era mediados de junio. No, junio no: julio. Me desperté y estaba sola en la cama. Papaccio copiaba una obra de Dix en el taller. El expresionismo, decía, era la escuela que mejor lo representaba. Lo vi concentrado y aproveché. Salí a la calle en absoluto silencio. La ciudad parecía un desierto. Me costó encontrar un taxi, cuando vi la luz roja de uno sobre Paseo Colón, casi me infarto.

En casa, bajé las persianas y dormí hasta el mediodía. A las dos de la tarde, le pedí a Cristela un té de hierbas. Los yuyos resuelven cualquier problema, me dijo. No volví a llamar a Papaccio; él tampoco me buscó. Nuestro vínculo, más que quebrarse, se disolvió. Darme cuenta de esta particularidad me pareció un hallazgo, así que me propuse encontrarle una enseñanza, pero por más que di vueltas, no descubrí nada.

Pasaron dos meses. Quizás más. Yo seguía ocupada con los chicos, el hilado y los panes. Cada tanto me veía con una amiga o iba al cine a mirar cualquier cosa. Estaba tranquila, con una insólita serenidad, muy raro en mí. No extrañaba a nadie en particular, pero me hubiera gustado tener una pareja. Para distraerme, empecé a visitar los bares de la zona. Sobre todo uno, el de Juncal y Montevideo. Una tarde noté que me miraban desde otra mesa. Eran chicas de mi edad. No me sacaban los ojos de encima, secreteaban y se reían. Me puse tan incómoda que me paré para irme, pero una de ellas me salió al cruce. ¿No te acordás de mí?, dijo. Era Orla Mooney, mi amiga de la infancia. Estaba cambiadísima. La cara se le había puesto como una galleta y, cada vez que sonreía, descubría las encías. Se había recibido de arquitecta y el padre le había comprado un departamento en la calle Libertad. Noté que su rencor de nena se había robustecido. Había algo en sus gestos, una crispación, que revelaba el rencor que le causaba ser quien era. Hablaba a los apurones, quería decir todo en diez segundos. Se había quedado demasiado tiempo en Gahan, aunque todavía conservaba la ilusión de recuperarlo. Esa perspectiva mostraba hasta qué punto llegaba su estupidez. No había vueltas: su alma era un páramo. Comprendí esto con toda claridad. También, que mi antigua amiga retornaba a mi vida en el momento justo. Tuve la intuición de que Orla Mooney era, justamente, la persona que tanto había esperado.

Al día siguiente, le conté el episodio a mi abuela. Mientras lo hacía, mordí un turrón de Gijón y me rompí una muela. Escupí el pedacito en la mano y corrí al baño, desesperada. Esa misma tarde, fui al dentista. Me atendió un tipo con un bigotito en forma de herradura. Ordenó que abriera la boca, estudió la zona y negó con la cabeza. Había una caries de base y la pieza era irrecuperable. Era un hombre espantoso que disfrutaba dando malas noticias. Por fortuna, el cirujano era distinto. Me contuvo hasta donde pudo. En el consultorio, el cuerpo es lo único que cuenta. Allí el tiempo se contrae, se compacta.

Antes de tragar el primer grumo de saliva, sin la más mínima afectación, mi pensamiento se disparó hacia una imagen sanadora. Se me vino a la cabeza la figura de mi padre. Fusta en mano, alto, erguido. Los ojos grises clavados en la distancia, olvidado de sí mismo, pero sin perder apostura. Miraba caballos, que era lo mejor que sabía hacer. Eso, solo eso: mirar caballos como si fueran silogismos. Era el padre que yo había tenido en la infancia.

*

La vida está llena de señales, unas más evidentes que otras. Lanza del Vasto decía que presente y futuro son la misma cosa. Esta frase, que siempre me resultó tan simple, es rigurosamente cierta. Sin ir más lejos, lo prueba la meteorología: el pronóstico se basa en cruzar variables. No es más que eso. El porvenir se cifra en lo cotidiano. Es cierto, las distracciones lo desdibujan, pero hay vestigios que son tan claros que resulta imposible eludirlos. Las repeticiones, los errores, la memoria, el olvido develan otro orden. Descubren la verdadera realidad. Lo demás es puro palabrerío. Pienso estas cosas porque a la semana de haber tenido el ensueño con mi padre, recibí una carta suya. Me la dio Cristela con cara de susto, sabía el peligro que corría por entregármela.

Hacía mucho que no tenía noticias de él. Mi madre había cortado toda relación y tácitamente esperaba lo mismo de mí. Ellos se comunicaban a través de los abogados y, en aquel momento, Sinatra, impecable como de costumbre, transitaba una buena racha, tenía en jaque a los abogados del estudio. El éxito se le notaba en la cara y en el pañuelito que se ponía en el bolsillo del saco. O, por lo menos, eso creímos durante un par de semanas. Después, sus avances se vinieron abajo. El retroceso era una marcha a la que ya estábamos acostumbradas.

La carta de mi padre era contundente. Pensaba en mí todos los días, pero debíamos aceptar las cosas tal como se presentaban. Disciplinar las emociones, aseguraba, era saludable. Esas expresiones me causaron una enorme confusión. Amé saber que me extrañaba y, al mismo tiempo, supe que era una persona distinta de la que nos había abandonado y de la que me había cuidado en la infancia. Los espejismos de la identidad. Confirmar que él era una multitud me desorientó, pero no llegó a angustiarme, desde hacía tiempo estaba amigada con el desorden.

En aquella carta, mi padre dejaba en claro tres cosas. 1. Había sufrido un revés. 2. Buscaba un motivo para sobrevivir. 3. Quería verme. En un mes estaría en Buenos Aires y me pedía, casi me rogaba, que pusiera lugar y fecha para el encuentro. Lo hice a espaldas de mi madre. Ella misma, con sus manías, me había enseñado que la mentira es buena para esquivar complicaciones.

# 24

Elegí La Ópera. No quedaba ni cerca ni lejos. Siempre me gustó ese bar. Tiene un salón grande que los mozos tardan décadas en recorrer. Llegué diez minutos tarde, como corresponde. Mi padre había elegido una mesa junto a la ventana que da a Corrientes. Lo vi y me puse a temblar como una hoja.

Él –que siempre entendió todo, incluso cuando no lo hizo– se levantó de un salto y vino a mi encuentro. Nos dimos un abrazo en medio del bar que, en ese momento, se había transformado en el centro del planeta. Reencontrarme con mi padre significó un shock emocional, pero para él, estoy segura, fue más fuerte. Se tapó la cara con las manos y se puso a llorar. La gente nos miraba como si estuviéramos locos.

Se calmó cuando nos sentamos. Entonces pude mirarlo a gusto. Estaba viejo, pero su cara –nariz recta y larga, con una levísima curva en el puente– todavía conservaba el secreto de la hermosura. Tuve la certeza de que era la primera vez que veía su expresión. Habían pasado las seis de la tarde, un rayo de sol entraba por la ventana y le iluminaba el pelo, que se había vuelto rojo como una zarza. Pedí un cortado, pero no llegué a probarlo. Se me había cerrado la garganta. Tampoco podía articular palabra. Estuvimos un rato sin decir nada hasta que él se animó a hablar. Su voz me devolvió a la infancia en dos segundos.

Al principio, contó tonterías. Con su primo, Rodolfo Hottinguer, el mismo que mi madre y yo nos habíamos cruzado en el Musée d'Orsay, organizaban subastas de antigüedades y disfrutaban de extraños blends de té en hebras. Al mismo tiempo, mi padre se ocupaba de Gahan y los caballos. Había hecho viajes regulares a la estancia sin que nosotras nos enterásemos.

Dijo que él no había cambiado nada: era el mismo tipo de siempre, la diferencia era que ahora llevaba una vida auténtica. No le creí, pero tampoco quise discutirle. Tenerlo frente a mí era un milagro y no quería echarlo a perder. De todas maneras, noté que no estaba del todo bien, algo lo preocupaba. Movía las manos, se acomodaba el pelo y tenía un tic en los labios. Era obvio que algún contratiempo lo tenía a mal traer y quería compartir el disgusto conmigo, pero cierto reparo –ese estúpido pudor que a veces padecemos– se lo impedía. Ni bien encontré el momento, le transmití mi impresión y le pedí que me tuviera confianza. Nos unía la sangre, y ese vínculo, para bien o para mal, era indestructible.

Después de unos segundos de resistencia, pura dramatización, me confesó todo. Hacía unos años, se había enamorado de un amigo de su primo. Se llamaba Steve y era fotógrafo de vida silvestre. Colaboraba con varios medios, entre ellos la *National Geographic*. Como es de esperar, amaba los riesgos. Había registrado una amplísima variedad de especies, desde bueyes almizcleros hasta osos polares, pero últimamente estaba especializado en aves. Se habían conocido en una fiesta y ya no se habían separado más. Vivían en un piso en la *rue* Popincourt y eran tan felices que habían pensado en casarse. De hecho, fijaron fecha. Pero antes, Steve debía cumplir un acuerdo: fotografiar cacatúas en los bosques de Australia.

En la travesía lo acompañaban dos asistentes de confianza, gente que lo conocía bien y que preveía sus requerimientos. Steve era perfeccionista y no le gustaba improvisar. Por eso les llamó la atención a todos que, cuando iban hacia el bosque, a metros del umbral de la espesura, dio cualquier excusa y se alejó hasta una aguada próxima. Los asistentes aceptaron la excepción porque el desvío no era peligroso: la laguna –que, según mi padre, era apenas más grande que un charco– quedaba a diez metros del sendero que recorrían. En realidad, lo perdieron de vista recién cuando se agachó junto a la orilla. Y, justamente, esa fue la última imagen que tuvieron de él. Steve desapareció de la faz de la Tierra. ¿Lo atacó un animal y lo arrastró a su guarida? ¿O un reptil y lo hundió en el barro? Quizás lo secuestró un grupo de salvajes. Todas las hipótesis eran verosímiles, pero ninguna pudo probarse. La policía buscó a Steve, rastreó la zona palmo a palmo. Hubo reclamos internacionales, denuncias cruzadas y sumarios. Nunca más se supo de él. Mi padre viajó al lugar y se quedó más de un mes. Siguió las investigaciones, auditó protocolos, chequeó fuentes. Cuando volvió a París estaba más desorientado que antes.

Tan grande fue su tristeza, me dijo, que pensó en matarse. Eso también fue una dramatización, yo sé que tolera hasta las peores versiones de sí mismo. Sin embargo, hubo algo de verdad en sus dichos: la desaparición lo marcó para siempre. Su ímpetu, sin disminuir un gramo, se combinaba ahora con una subrayada ansiedad. En esta nueva etapa, más que nunca, sus deseos debían saciarse rápido.

El sentimiento de pérdida lo había hecho redescubrirme como hija. Ahí estaba yo, en un departamento de Buenos Aires, anclada a un destino que discutía con mis aptitudes. Así me veía Alfonso Kendell, mi padre, desde su altura, cada vez más parecida al vacío.

Quizás lo movió la culpa. No sé. El asunto fue que quería hacerme una propuesta acorde a mi vocación. Había averiguado que en el arte la rentabilidad pasaba por vender obra. Quiero que hagas una pasantía en Christie's, la casa de subastas de New York, me dijo. Su plan era que entrara en la plástica por el lado productivo. Me negué. Insistió, pero no hubo caso. Entonces, pasó lo que yo tanto temía: la reunión se malogró por completo. Mi padre anotó un número de teléfono en un papel y lo dejó sobre la mesa. Después, me rozó la mejilla con los labios y se esfumó. En el ambiente quedó un perfume a magnolias. Ese era –es– él: todo o nada.

Los días que siguieron al encuentro evalué su propuesta. Cuando empecé a dudar, consulté con otras personas. Una de ellas fue Orla, que ese momento trabajaba en un proyecto vial. La verdad es que nunca valoré su opinión, la consideraba predecible y estúpida; sin embargo, algo de su insignificancia podía ser consumido y apropiado. Para qué negarlo, me hice adicta a ese veneno. Orla me escuchó callada, ni siquiera se movió mientras yo hablaba. Cuando terminé el relato me hizo dos preguntas sobre mi vida que no supe responder. Después dijo: Andate a New York. No seas tarada.

*

Le hice caso. Mi padre se hizo cargo de todo: planificación y financiamiento. Mientras yo armaba las valijas, mi madre gritaba que era una desalmada. Me gustó la injuria. Desalmada, repetí. Después, intenté explicarle que el viaje no suponía desafiar su causa. No pude persuadirla, más bien lo contrario, redobló su furia. Entonces, la dejé hablando sola. Me fui dando un portazo. En el pasillo, a mis espaldas, escuché que tiraba algo al piso. Desde Ezeiza hablé con la abuela. Mi madre había roto una réplica de un elefantito japonés. Para llevarle la contra, imaginé que con ese acto me bendecía.

*

Algunos dicen que Manhattan es un diorama. A mí me pareció una franja sin vacíos. Ni siquiera el Central Park, con sus trescientas cuarenta hectáreas, está vacío. Me hospedé en un piso alto en Madison Avenue, cerca de la catedral. Cuando estaba libre, me metía en los museos de arte.

Hice contactos, pero no amigos. Fueron meses de absoluta soledad. Por lo general, compraba pollo frito o chapsui en el restaurante chino del barrio y lo comía en casa, sentada en el suelo, frente a la ventana. Tenía una buena perspectiva de las torres vecinas. Una vez, entrada la noche, distinguí a un tipo haciendo gimnasia en una terraza. Hacía siete ejercicios seguidos y a cada uno lo repetía varias veces. Tenía aspecto de monje. Ligaba sus desplazamientos uno con otro en un flujo continuo y esta circulación generaba una especie de ilusión óptica: sus movimientos registraban una inacción total. El tipo se agitaba, pero parecía quieto como un poste. Estuve un buen rato pendiente de él, hasta que un sentimiento de pérdida me traspasó de lado a lado.

*

Vi mucho arte en New York, pero hubo una muestra en el Guggenheim que me dejó pasmada. Una canadiense copiaba piedras que encontraba en la calle. Se ocupaba, durante años, de reproducir cada ángulo, cada muesca, cada rugosidad. Su intención era alcanzar la mímesis ideal, la copia perfecta. El texto curatorial explicaba que su obra era escasa debido al tiempo que le llevaba producirla. La imaginé encerrada en su casa obsesionada con un canto rodado. Su tarea era ridícula y exigía una paciencia infinita. Cuando salí del museo estuve la tarde entera en Babia. Me lo pasé yendo y viniendo por una ciudad helada.

Las cosas en la vida se mueven lentamente –como la obra de la canadiense– o muy rápido. Cuando volví a Buenos Aires, luego de seis meses en la Gran Manzana, mi madre era otra. Estaba saliendo con un hijo de irlandeses que había conocido en el curso de cerámica, un tal Liam Butler. Era alto y muy elegante –andaba siempre con un corbatín negro parecido al de Chaplin–, pero hablaba hasta por los codos. Además, tenía una voz chillona que rompía los tímpanos. Le decían Luchito –apodo puesto por los peones del campo de sus padres– y era muy católico. Se lo pasaba metido en la iglesia del Socorro o en la parroquia Mater Admirábilis.

La verdad es que yo no soy una mujer espiritual. La fe en Dios me parece un signo peligroso de infantilismo. De todas formas, soporté las charlas del novio de mi madre sin decir esta boca es mía. La veía feliz a ella y eso me bastaba. De hecho, cuando llegué de mi viaje me recibió con una sonrisa de oreja a oreja y no me hostigó ni una sola vez por haber aceptado la ayuda de mi padre. Es más, dejó de interesarle lo que yo tenía para contar. Me ponía la oreja, como los curas en confesión, pero no guardaba el menor registro de lo que le decía. Esa sordera selectiva fue difícil de aceptar, pero a la larga me abrió las puertas de la libertad. Dejé de rendirle cuenta por mis actos y busqué nuevos destinatarios para mis testimonios.

*

La pasantía en Christie's rindió sus frutos. A poco de llegar, entré en contacto con una pareja de austríacos que vivían como reyes en Salzburgo. Los orienté en arte argentino y latinoamericano. Estuvimos dos semanas recorriendo galerías y salas de exposición. Antes de irse, hicieron una compra descomunal. Para festejar la operación, me invitaron a cenar al club francés de la calle Rodríguez Peña. En ese lugar, conocí a otros inversores y, casi sin buscarlo, empezó el boca en boca. Mi negocio tomó impulso y jamás se detuvo. Tuve buenos y malos momentos, pero la verdad fue que mi nombre nunca dejó de sonar.

En aquel primer intercambio, las galerías –fueron tres de las grandes– me pagaron las comisiones en tiempo y forma. Entendí que mi habilidad para la venta equivalía al talento de un artista, y esa revelación –tan apresurada, tan inexacta– me sumió en un estado de felicidad en el que todo estaba permitido salvo volver atrás. Como tantas veces en mi vida, la equivocación dispuso caminos. En aquella oportunidad, dediqué parte de mi ingreso a hacer un viaje. Como era diciembre y Orla estaba sin proyectos, nos fuimos a Cariló.

Los primeros dos días la lluvia nos recluyó en el hotel, pero el tercero brilló el sol. Antes de la once salimos para el balneario y, ni bien pisamos la arena, distinguí a un hombre que me cortó el aliento. Era el adonis de Goya o, mejor, el de Veronese, que es más armonioso. Estaba parado en un mangrullo de madera, con la mano en visera se protegía de la resolana. Estudiaba el agua y la amplitud de la costa. Era el guardavidas y cumplía su misión con cierto alarde, cualidad que, a mis ojos, lo volvía el doble de atractivo.

Orla se dio cuenta de mi fascinación y se dispuso a competir a brazo partido. Como todos hablaban de él, nos enteramos de su apodo. Willy le decían. Acto seguido, hicimos lo posible por llamar su atención. Ni qué decirlo, fracasamos. Entonces, aturdidas por la derrota y el calor, nos refugiamos en la barra del parador. Pedimos daiquiris. A los cinco minutos, apareció él con un termo en la mano. Lo cargó con el agua de un bidón que estaba junto a nosotras, y aprovechó la proximidad para sonreírnos. Nos pusimos a charlar los tres con toda naturalidad, aunque no sabíamos bien qué decirnos.

La situación exigía desenvoltura y no me hice esperar. Desplegué mis armas, incluso aquellas que no sabía que portaba. Como era de esperar, Orla se propuso ganar terreno a cualquier costo. Libró varias batallas, de algunas salió airosa, pero por más esfuerzos que hizo, su cabeza pueblerina mostró escasez y, casi sin advertirlo, en un dos por tres quedó fuera de juego. Jaque mate, dije para mí. Esa misma noche, Willy me invitó a tomar unos tragos.

## 25

De un momento al otro, a Orla se le agrió el carácter. No me hablaba. O me hablaba cuando necesitaba algo. Los cuatro días de estadía fueron iguales. Se levantó al alba, desayunó y se fue a la playa. A mí, sinceramente, su indiferencia me vino bárbaro, quedé liberada para dedicarme a Willy. Durante el día, lo acompañaba al balneario, por las noches salíamos a pasear. Cariló fue una jornada única de romance ininterrumpido.

*

El guardavidas, nacido de Mar del Plata, vivía con dos compinches en un departamento extraordinariamente ruinoso en el balneario de Ostende. El piso era de portland y las paredes estaban sin revocar. Además, por si fuera poco, uno de sus amigotes, una bestia peluda a la que le decían Rusty, había rescatado un perro que se la pasaba babeando y al que nadie se encargaba de alimentar. Por más que Willy insistió, jamás me quedé en su casa: las sábanas eran de un color amarillo deslucido y tenían un espantoso olor a humedad. Si aguanté esa peste fue porque mi chico era una especie de titán.

En Buenos Aires, a mi vuelta, las cosas se complicaron. La relación con Orla se enfrió del todo y el guardavidas se vino a la ciudad a probar suerte. Los dos teníamos en claro que nuestro vínculo era, sobre todo, sexual, pero una fe malsana hizo que desarrolláramos un sentimiento confuso –que no sé si llamar cariño– y que, a partir de ese error, todo empezara a decaer.

Willy, sin un peso en el bolsillo, alquiló un ambiente en Monserrat y se ofreció para hacer changas de albañilería. Anduvo bien unos meses hasta que, remodelando una casa por Belgrano, hizo un esfuerzo que le lastimó la espalda: hormigueo en las piernas, dolores lumbares, debilidad. Se lo pasaba tirado en un sofá con la oreja pegada a una radio a transistores. Era tan triste verlo así que un día lo llevé de prepo a una clínica. Le hicieron radiografías y resonancias. El diagnóstico fue el sospechado: hernia de disco. A partir de ese momento, su vida cambió por completo, el domador de olas se transformó en un lisiado. Adelgazó –se puso flaco como un tuberculoso– y perdió la fuerza. Dormía siestas largas, tomaba analgésicos y, cada tanto, protectores gástricos. Desde luego, nuestra relación se alteró. Ahora nos unía una tranquila indiferencia parecida a la hermandad. Sin embargo, seguimos juntos un tiempo. La costumbre es una jaula con la puerta abierta, decía mi abuela.

\*

Cada tanto, le daba algo de plata, pero pronto noté que lo humillaba. Entonces, le pedí a Luchito, el novio de mi madre, que empleara a Willy en la concesionaria de su socio.

Fue un error garrafal, lo reconozco. Mi chico no se acomodó jamás a los horarios y solía perder la paciencia con los clientes. El asunto terminó mal, volaron trompadas y se rompieron vidrios. Luchito y mi madre pusieron el grito en el cielo. No podían creer que estuviera saliendo con semejante inútil.

Pero como no hay mal que por bien no venga, ese revés me hizo entrar en razón y me separé de él sin darle explicaciones. Dejé de verlo y no atendí más sus llamadas; en síntesis, lo borré de mi vida de un plumazo. Por fortuna, no reaccionó como yo tanto temía, supongo que se habrá hundido de a poco en su despacho. No sé, la verdad es que no me ocupé de averiguarlo.

Hace poco, alguien me contó que se había vuelto a Mar del Plata y que lo estaban por operar de la columna en el Interzonal de agudos. Tengo que reconocer que la relación con Willy fue una especie de accidente, un tropiezo, un desliz que cada tanto regresa del olvido y que relaciono más con la picardía que con el error.

*

Para esa época, me encontré de nuevo con mi padre. Esta vez me invitó a cenar a un restaurante de la calle Beruti. Era una noche helada y llevaba puesto un gorro docker y una pashmina gris que le hacía juego con los ojos. Pedimos chernia y risotto con langostinos. Hablamos casi tres horas y la comunicación resultó fluida, pero, de todas maneras, lo noté particularmente ansioso. Se mordía el costado de las uñas en un gesto que yo recordaba desde la niñez. Le conté mi experiencia en Christie's y le dije que mi negocio marchaba viento en popa: tres coleccionistas me habían pedido que les buscara obra y, además, curaba una de las principales galerías de Buenos Aires.

Mi padre escuchó atento, pero cada tanto giraba la cabeza y miraba por la ventana como si esperara a alguien. Le pregunté dos veces si le pasaba algo y negó con un gesto. Después me dijo que había estado en Gahan. Jesús Amaro había logrado un rendimiento excepcional de la estancia: los caballos de polo se habían posicionado como los mejores del mundo. De acuerdo a sus comentarios, el casco estaba más luminoso que nunca. Ya no hacía falta cerrar los postigos para detener el empuje del viento. Jesús Amaro había plantado, a una legua del casco, una cortina de álamos y, más cerca de los establos, una quinta tupida de frutales. Todos los ambientes, ahora, estaban perfumados por el olor de los cítricos. Cuando contó eso, la boca se me dobló en un gesto de amargura. Recordé con nostalgia mis vivencias infantiles y los justos reclamos de mi madre. Él notó mi disgusto y se apuró a aclarar, con un tono autoritario, que las parejas trabajaban siempre en dos sentidos. En uno, el más visible, estrechaban su vínculo lo más fuerte que podían y, en el otro, se preparaban, con minuciosidad y en todo momento, para desunirse.

Tu madre pasó a ser una desconocida para mí, y a partir de ese cambio, conseguí rehacerme, dijo. Después, me acarició la mejilla. Dijo que yo podía ir al campo las veces que quisiera, que era mi lugar y que nadie me iba a echar de mi casa. Me confortó su gesto de cariño –de verdad lo sentí así–, pero en el fondo del alma no le creí una palabra. Yo sé bien que tanto en la vida como en el arte nada es como lo pintan.

*

154

Pedimos peras con helado. Cuando el mozo trajo el postre, volví a ver que mi padre miraba sospechosamente por la ventana. Otra vez le pregunté si le pasaba algo. De nuevo negó con un gesto, pero su actitud lo contradijo. Se puso a contar una historia rara.

Su relato, dijo, podía parecer disparatado, pero era rigurosamente cierto. El asunto fue que, para sacarse de la cabeza a Steve, se había anotado en una cinemateca de género. Miraban películas de terror. Pronto se armó un grupo muy activo socialmente, se juntaban a cenar cada quince días. Eran cinco en total: una pareja de bioquímicos, un italiano que había trabajado como asistente de dirección de Dario Argento, un francés y mi padre. Las cosas entre ellos se daban tan bien que planearon un viaje. Eligieron Praga, quedaba cerca, se comía bien y la ciudad les parecía preciosa. La última noche, la pareja de bioquímicos, que tenían amigos en la ciudad, invitó al grupo a una fiesta privada. El requisito era ir con un ayuno de cinco horas. Nadie hizo preguntas para preservar la sorpresa. Llegaron al lugar –era un primer piso por escalera–, y los hicieron descalzar. El espacio estaba iluminado con velas y se escuchaba música ambient. Los anfitriones eran cordiales, ni bien entraron les ofrecieron almohadones para sentarse en el piso. Al rato, pasó alguien con agua y una bandeja con pastillas con forma de estrella. Los bioquímicos las tragaron antes que nadie para fomentar la confianza –enseguida todos los imitaron– y explicaron que era un derivado anfetamínico. Su efecto era agradable y bastante inmediato, dijeron. Mi padre, que era y es ansioso, no sintió cambios y reforzó la dosis. En total, tomó tres pastillas que, como era de esperar, yuxtapusieron su efecto. Al rato, la luz se transformó en un hielo azul y las caras de sus amigos se volvieron siniestras.

Mi padre dijo que sintió que su vida corría peligro: la droga había despertado en él un miedo horrible. Entonces, su reacción fue irracional, se paró y escapó del lugar. Bajó los escalones a los saltos y, descalzo como estaba, ganó la calle. Corrió tres cuadras hasta que cayó en la plaza del ayuntamiento. Allí se tiró boca abajo y pidió auxilio a los gritos. Llegó la policía y casi al mismo tiempo sus amigos, que explicaron hasta donde pudieron la situación. Llevaron a mi padre a un hospital donde lo atendió una enfermera que le inyectó un calmante y lo despachó. Ya en París, un psiquiatra le explicó que había sufrido un brote que podría haberlo afectado para siempre. Entender que había estado tan cerca de la locura lo conmovió. Eso me dijo. Después nos quedamos los dos callados, pero su silencio, aunque suene extraño, era mucho más reservado que el mío.

# 26

Hubo un tiempo en el que tuve una pesadilla recurrente. Soñaba con Steve, el novio de mi padre. Como no lo llegué a conocer, mi imaginación lo inventaba a su gusto. A veces, aparecía en el claro de un bosque con la ropa raída. Tenía la cámara de fotos colgada al cuello y hacía un gesto de aprobación con la mano. Después, me preguntaba dónde se encontraba. Noche por medio, la secuencia se repetía en distintas escenas.

Me despertaba y ya no podía conciliar el sueño. Entonces iba a la cocina, preparaba té y hojeaba las revistas que compraba mi madre.

Al ratito aparecía mi abuela, que tenía el sueño liviano. Hablábamos de la gente que había quedado perdida en el pasado. Aparecían Celestina, a la que imaginábamos con los dedos artríticos y la espalda curva; los mellizos Huanco, desgraciados por el mismo motivo; Diego Garza, próspero y venturoso; y Bartola, la mujer de los animales, que había muerto en estado de gracia.

Por aquel entonces, con mi abuela amasábamos intimidad, y esa vivencia despertaba en nosotras una corriente de simpatía que, con el tiempo, constituiría un eslabón afectivo más sólido que el de la propia sangre.

A veces, si el clima lo permitía, salíamos al balcón. El primer sol aparecía indeciso, y esa lasitud generaba una bruma que parecía querer proteger los árboles de la plaza Vicente López. Empezar el día de esa forma nos justificaba.

En una de esas mañanas, mi abuela me dijo que Luchito y mi madre preparaban un viaje a Francia. Querían conocer El Arca, casa madre de la comunidad de Lanza del Vasto. La idea era quedarse dos meses en plena campiña viviendo en comunidad. Estaban entusiasmadísimos y descontaban que la prueba serviría para afianzar la pareja y para el desarrollo espiritual de cada uno.

Puse el grito en el cielo. Le dije a mi abuela que nadie me había dicho nada del asunto. A ella, mi opinión le pareció irrelevante. Se les habrá pasado, dijo. No seas sensible. Tomé el silencio de mi madre como una traición y la reacción de mi abuela, solidaria con esa deslealtad. A la larga me serené. Por enésima vez, me repetí que no se podía culpar a nadie por nada.

Luchito y mi madre salieron para Europa en pleno invierno porteño. Se fueron de casa bien equipados: mochilas de poliéster, zapatos de trekking y excelente disposición. Los dos se comportaban como si sus vidas hubieran permanecido siempre del lado del bien, alejadas del mal y sus trucos. No les creí nada. Otto Dix decía que el bien y el mal siempre van de la mano. El testimonio es su obra.

*

A pesar de que nosotras –mi abuela y yo– éramos independientes, aquella vez, no sé por qué, sentimos la falta de mi madre. Cada una buscó medios para sortearla. Mi abuela se aficionó a los conciertos del colegio de escribanos y empezó a hacer tortas de harina integral con Cristela. Yo curé una muestra de dibujos para un museo provincial. Fue un trabajo arduo y mal pago. Así son las instituciones culturales. Para ellos, las palabras predisposición y estupidez son la misma cosa. Pero no fue todo amargura en ese lapso, también conocí a Gonzalo Sorrenti, al divino de Gonzalo Sorrenti, un artista pampeano jovencísimo y muy guapo. Había nacido en Bernasconi, un pueblo minúsculo en medio del desierto, y era discípulo de Papaccio, a quien admiraba ciegamente. Pobre chico. Ni bien nos cruzamos, los dos supimos qué cosa buscaba el otro.

Sos más simple que la bandera de Japón, me dijo un día. Escuché eso y supe que Gonzalo era mejor que su obra. Una noche cenamos en El Olmo y después, como si acatáramos un mandato, nos metimos de cabeza en un hotelito de la calle Mansilla. Lo hicimos dos veces más en el curso de un mes. A la salida, él se tomaba un colectivo en Santa Fe y Pueyrredón y yo volvía a casa suspendida en ese vacío que solo el sexo es capaz de provocar.

Por esos días, una mañana, llamó mi padre al departamento de la calle Paraná. Sabía que mi madre estaba de viaje, nunca existieron secretos para él. Lo atendió mi abuela y me lo pasó de mala gana. Hacía poco habíamos comprado un teléfono inalámbrico y yo llevé el aparato a mi cuarto. Mi padre estaba exaltado y con ganas de contarme cosas. Había vendido una yegua joven a un haras de Reino Unido y seguía entusiasmado con el grupo de la cinemateca. Ahora repasaban la filmografía de Mario Bava, quien le había hecho entender –así lo dijo– que la violencia era la acción más pura de nuestra especie. Le dije que sí sin darle importancia o, para ser sincera, sin saber que sus palabras, más adelante, resonarían en mí mucho más de lo que jamás podría haber imaginado.

Como mi padre siempre me llamaba por motivos concretos, hice silencio para que fuera al punto. Me contó que se había encontrado de casualidad, en un aeropuerto, con Diego Garza –que permanecía joven como siempre– y su mujer. Los había notado extraordinariamente felices. En efecto, se acababan de casar y estaban viajando de luna de miel a Santorini. La cuestión fue que, en la charla, se enteró de que la esposa de Garza, Lotte Janssen, era holandesa y desde hacía una década curaba salas para el Rijksmuseum. El mundo es un pañuelo, habrá pensado mi padre, y le contó a los dos cuál era mi profesión.

Fui ejecutiva: le escribí enseguida a Lotte y me respondió como si hubiera estado esperando mi contacto. Desde el primer intercambio nos entendimos y empezamos a trabajar juntas. Fue todo positivo en ese vínculo. Por una parte, la holandesa era una persona amable, sensible y de una inteligencia superior; por otra, mi economía cambió radicalmente en poco tiempo. Los asesoramientos para comprar o vender obra se triplicaron en el curso de un año. No daba abasto. Tuve que contratar a una estudiante de arquitectura para que me asistiera. Mandé a diagramar un logo con mis iniciales. Inventé una marca. Eso hice: inventé una marca. Y esta sorpresa –fue como un estallido– me hizo entender que los logros se relacionan con la casualidad y no con el mérito.

*

Nunca en mi vida había imaginado fundar una empresa, ahora la tenía. Esta circunstancia hizo que me replanteara algunos asuntos. El principal fue el de la vivienda. Habitábamos la misma casa, mi abuela, mi madre, Luchito –que pasaba más tiempo en el departamento de Paraná que en su propia casa– y yo. Con ninguno de ellos había tenido grandes diferencias, sin embargo sentí que era el momento de encontrar mi lugar. Esta idea me rondó en la cabeza hasta que se asentó como un hecho. Fue una mañana de invierno. Estaba en el café de Paraguay y Rodríguez Peña. Me mudo sola, pensé, y antes del mediodía ya había empezado la búsqueda.

Nada me venía bien: las propiedades me parecían oscuras o chicas o mal ubicadas o exageradamente caras. Cuando ya estaba casi desalentada, una vendedora de Toribio Achával me mostró un contrafrente sobre Ayacucho, frente al Alvear. Entré y supe que era mi lugar, sala espaciosa y dos cuartos que daban a la barranca de la plaza San Martín de Tours. Me propusieron un plan de pagos y lo acepté. Quería ocuparlo lo antes posible.

A la semana de que me dieran la llave, pasaron por Buenos Aires Lotte y Diego Garza. A él no lo veía desde que yo era una nena, y me impresionó notar que no había envejecido nada. Estaba igual –y cuando digo igual no exagero nada– que cuando tenía treinta años: sin canas, sin arrugas, con la misma expresión juvenil. Daba terror verlo. Supongo que la cara que puse cuando nos encontramos reflejó mi sorpresa. Tranquila, dijo. Su organismo, aclaró, era único en varios sentidos, tenía el timo híper desarrollado y, además, sus cromosomas activaban una enzima que restituía la parte perdida en la división celular; en síntesis, envejecer para él era un proceso mucho más lento que para el resto de los humanos. No podía creer lo que escuchaba. Garza parecía el personaje de una película de ciencia ficción, era verdaderamente un superhombre, blindado frente a una infinidad de riesgos y, supuse, expuesto a otros de los que ni él ni yo tendríamos la menor idea. En la Tierra, todos pierden, pensé, ni Diego Garza se salva. Con este juicio entendí que, de alguna manera, estaba en pie de igualdad con él y, en el fondo de mi alma, sentí el alivio que da saberse acompañada en la desgracia.

*

Mi familia vio en la mudanza un agravio y me quitó el apoyo. Ya se les pasará, pensé y me dispuse a aprovechar el interés de Lotte. Juntas decoramos mi casa. Contratamos pintores y elegimos el color de las paredes, compramos muebles y diseñamos la cocina. El lugar quedó espléndido. Cuando todo estuvo terminado, Lotte me abrazó como si fuera su hermana y me invitó a brindar. La pendiente de la calle nos llevó al bar de la esquina. Ocupamos una mesa que daba a Posadas y pedimos champagne. Estuvimos un rato así, relajadas, hablando de todo un poco, hasta que de pronto –porque las cosas suceden así, de un segundo a otro– giré la cabeza a la derecha y distinguí a un tipo acodado en la barra. Me llamó la atención su aspecto, vestía un traje de buen corte y tenía el pelo enrulado aplastado con agua. En su cara anónima bailaba una sonrisa de suficiencia. Estaba acompañado por alguien que yo tenía visto del barrio, un viejo bien puesto. Le contaba algo, pero hasta mí llegaban palabras sueltas. Los dos, a cada rato, se reían y se daban palmadas en los hombros. Desde el primer momento sospeché que Bob –al día siguiente supe que se hacía llamar así– era un impostor, para mí era obvio: estudiaba al interlocutor y en virtud de sus reacciones calibraba la charla. En un momento, el veterano preguntó algo. Lo primero que hizo Bob fue un gesto de ignorancia, pero casi enseguida se dio cuenta de que era el momento de montar la escena. Entonces, tomó aire, hizo un gesto dramático con la mano –la levantó por encima de su cabeza–, flexionó la muñeca como si imitara un saludo real y dijo con voz clara: Eso es imposible de explicar si antes no describo a mi abuelo. Esa frase, unos meses más tarde, pasaría a ser un código común, una clave que me habilitaría el acceso a un delicioso infierno que jamás había imaginado conocer.

## 27

Lotte era una fuente inagotable. Antes de volverse a Europa, me ofreció un trabajo que yo nunca había hecho: representar en conjunto, ella y yo, a un artista. Me dijo que había un sueco, Alf Nilsson, cuya obra cotizaba extraordinariamente bien. El tipo, un excéntrico total, había sido criado por una argentina y Lotte imaginó que mi nacionalidad sería clave para acercarnos. De inmediato saqué pasaje. Bajé en Roma y me tomé un auto hasta el Hotel Palatino. Esa noche comí un plato de pasta en un bistrot secreto que me había recomendado Garza y al día siguiente salí para Venecia. Allí me encontré con Lotte, que sería mi guía en la Bienal.

Supuestamente, conoceríamos a Alf en una gala, pero, como verdaderamente era un fóbico, a último momento se arrepintió y decidió no asistir a la exposición. Al comienzo nos desalentamos, pero igual decidimos quedarnos. Recorrimos los pabellones en silencio, miramos muestras de artistas extraordinarios, hicimos algunos contactos y nos tomamos unas cuantas copas de vino blanco del Rhin.

Así pasaron tres días, hasta que una mañana Lotte reaccionó. Vamos a buscar a Alf a su casa, dijo. Sabía que vivía en un pueblo en medio de los Alpes suizos. Nos costó mucho llegar, el lugar era verdaderamente inaccesible. Fuimos en un auto alquilado y el chofer, un calabrés desquiciado, nos odió durante todo el trayecto.

Una vez en nuestro destino, la asistente del artista –una alemana corpulenta, de unos setenta años, con una enorme cabeza con forma de zapallo– intentó espantarnos con su mal carácter. Mentimos, rogamos, sobornamos. Ningún recurso parecía funcionar con esa teutona brutal, hasta que, en mi desesperación, se me ocurrió decirle que yo era argentina. Esa palabra la ablandó. Primero, nos ofreció un té de hibiscus, después, con su mano segura y mal cuidada me tomó de un brazo y me condujo a través de un pasillo en penumbras. Lotte nos seguía de cerca. Desembocamos en una sala con mucha luz. En un costado, de espaldas a un ventanal, Alf Nilsson retocaba un óleo de enormes dimensiones. Era un retrato de Lenin que asocié de inmediato con el de Warhol, pero en la obra del sueco la expresión del líder era oscura, cada rasgo se cerraba sobre sí mismo y se volvía virtuoso e imprevisto.

Ni bien nos vio, Alf abrió la boca en una sonrisa franca. Era flaquísimo –una especie de faquir– y alto como un junco. Tenía el pelo delicado como la espuma y se lo peinaba hacia arriba en una especie de copete. Definitivamente, era lo que yo siempre me había imaginado como un artista, no tenía, como los otros hombres, ese rictus de bestia despiadada.

Hablamos un buen rato de arte contemporáneo, pero, a pesar de su cordialidad, daba la impresión de que nos dedicaba la mitad de su atención. Cada tanto, su vista se perdía y nos costaba traerlo de vuelta a la realidad. En total nos quedamos tres horas en su casa y, cuando ya creíamos habernos ganado su confianza, Lotte fue al punto y le hizo la propuesta.

Alf usó una mueca tierna para negarse. Pidió que por favor lo disculpáramos. Dijo que no quería defraudarnos, pero contaba con la libre circulación de su obra, concepto que no se encargó de explicarnos y que nosotras tampoco entendimos. Antes de subirnos al auto del calabrés, que nos cobraría una fortuna, Alf nos pidió que lo esperáramos y se ausentó unos minutos. Apareció con dos regalos, a Lotte le dio un centauro de porcelana Lladró, una miniatura maravillosa, y a mí, un cuchillo kiridashi, largo y fino como su propio cuerpo. Me aclaró que era una herramienta ideal para trabajar la madera, tallar o cortar papeles. Lo envolvió en una gamuza y me lo entregó con una reverencia. Todo objeto es ritual, nos dijo en perfecto castellano. Y en mi caso, esas palabras tuvieron la fuerza de un vaticinio.

*

Volví a Buenos Aires un poco frustrada, pero habitar mi nuevo departamento me levantó el ánimo. Colgué dos litografías de Antonio Seguí que el azar había puesto en mis manos. Se las compré a un carpintero que había sido amigo del artista. Mientras buscaba el mejor lugar para exponerlas, pensé que la realidad puede volverse fantástica en cualquier momento.

A veces, un hecho trivial permite entrever otros órdenes por encima y por debajo del cotidiano, como si la existencia tuviera infinitas capas que, de vez en cuando, por obra del destino, confluyeran en un mismo punto. Cuando esto sucede, yo personalmente lo siento como una culminación. Mi vida se cristaliza y parece llegar a su apogeo. No se trata de algo milagroso ni conmovedor ni emocionante; en verdad, las pocas veces que experimenté estas epifanías las advertí recién al tiempo de ocurridas. Se tradujeron en una tranquilidad extraña, opuesta a mi forma de ser, que tiende a la ansiedad y al movimiento constante.

Otra cosa que me confortó fue restablecer el vínculo con mi familia. Mi madre, su pareja y mi abuela me invitaron a cenar al departamento de la calle Paraná. Me trataron como a una reina. Luchito, que estaba cada vez más elegante, hizo gala de su origen irlandés y preparó una sopa de mariscos. En la sobremesa, se habló de Lanza del Vasto y de la no violencia como si este mundo fuera un edén. De todos modos, la candidez de mi familia terminó por despejar el malestar que arrastraba desde el episodio con Alf Nilsson.

Pero como todo se compensa, después me dieron una pésima noticia. Por alguien del pueblo se habían enterado de la muerte de Celestina. Había infartado mientras arreaba un ternero. Acababa de cumplir setenta años. Ni bien mi madre dijo la edad de nuestra cocinera, no sé por qué, recordé cuando Sinatra la devolvió a Gahan. Desde que tengo uso de razón, pienso lo mismo, el campo es salvaje: los animales, el barro, los trabajos, la violencia y la forma grosera que tiene la gente de morir. Imaginé que Cristela estaría devastada y fui a la cocina a consolarla. La abracé, creí que no me iba a soltar más. Mi niña, me decía. Mi niña querida. Y llorisqueaba. Hasta esa noche no había notado lo flacos que eran sus hombros y lo estrecho de su busto. Pobre Cristela, por poco se desmaya. Tuve que sostenerla para que no terminara en el piso.

*

También hice las paces con Orla Mooney. Me llamó con la excusa de que un amigo de un amigo quería comprar arte latinoamericano. Fue su estrategia de aproximación, una manera de decirme que quería que nos viéramos. Después me contó que hacía poco se había encontrado con Lorena. Nuestra antigua compañera de primaria se había quedado en el pueblo, pero viajaba seguido a Buenos Aires. Hacía un curso de tarot en un centro que quedaba por Villa Urquiza. Aparentemente, tenía un talento natural para encontrar relaciones entre arcanos y arquetipos. Cuando dijo esto, se me escapó una carcajada, me pareció cómico imaginar a Lorena interesada en esos asuntos. Enseguida me excusé, pero Orla hizo de cuenta que no había escuchado. Esa actitud, tan absolutamente conciliadora, me dio a entender que yo le interesaba más de lo que estaba dispuesta a demostrar. Prefirió el disimulo antes que la confrontación. Saber eso me estimuló. De alguna manera, la relación de fuerzas de la infancia se había alterado por completo. Ahora, ella estaba en mis manos.

Nos juntamos las tres a tomar el té en casa de Orla. Había scones de limón y un cheesecake de frutos rojos. Yo –abrigada por una ruana y con el pelo revuelto a lo Yves Tanguy– aporté un budín de vainilla. Cuando llegué, mis amigas de la infancia estaban sentadas en un sillón de tres cuerpos, parecían personajes de una novela del siglo XIX. Sabía que Orla era de una vulgaridad extrema; de Lorena esperaba otro tanto, pero lo que vi superó mis expectativas. A su voluntaria fealdad se sumaba una crispación en los labios que la envejecía una década. Tenía los ojos hinchados, las mejillas ajadas, la boca recta, corta y sin gracia. Vestía una blusita color crema que parecía sacada del Ejército de Salvación.

Hablamos del pueblo que era el tema que nos unía. Aludieron a la combustión espontánea de la Bruja y a la muerte de Celestina. Sin hacerlo del todo evidente, unieron los hechos como si fueran eslabones de una misma cadena. Después el tema se disolvió y me preguntaron cómo era vivir del arte. El mundo, para ellas, era un lugar predecible en el que nadie, salvo por elección, podía perder el equilibrio. Hubo un momento en el que no aguanté más. Me paré y enfilé para la puerta. La coartada fue una mentira evidente, un compromiso olvidado. Alguien me espera, dije. Qué tonta, no lo tuve en cuenta.

Caminé rápido. Fui por Libertad hasta Arenales y de ahí, directo a la plaza Vicente López. Me senté en el banco que rodea al ombú. Aspiré el aire de la tarde y me pasé la mano por la frente. El encuentro con mis excompañeras me había dejado aterrada. No quiero tener nada que ver con la que fui, me dije y sentí que se me aceleraba el pulso. Siempre me pasa, cuando me pongo nerviosa, la cabeza se me llena de fantasías. Aquella vez, por ejemplo, me imaginé enfrentada a un espejo que no me reflejaba. Entendí entonces que tenía que entrar a un bar y tomarme algo. Cualquier cosa, un café, una copa, algo fuerte. Sin pensarlo me encaminé hacia La Rambla, en la esquina de casa. Entré y ocupé una mesa. Pedí un Negroni. No había. Cerveza, entonces. En ese momento, por segunda vez, vi al impostor acodado en la barra. Estaba solo.

Él también me vio. Fue un segundo, un cruce de miradas. Al rato, antes de que terminara mi trago, vino el mozo. Es una invitación, dijo. De quién, pregunté. De aquel señor, respondió, y lo señaló a él que, al rato, se acercó con una sonrisa en la boca. Ante semejante galantería lo invité a sentarse. Frente a frente me resultó menos elegante, pero igual de guapo. ¿Usted es de la zona?, preguntó, y ningún músculo de su cara acompañó el tono de la pregunta.

## 28

No sabía qué hacer con las manos. Las cruzaba, las descruzaba, me las llevaba a la cara. Ese hombre me ponía nerviosa. Bajaba la cabeza y me miraba fijo, pero sesgadamente, como si quisiera descifrar algo oculto en mis gestos. Era claro que venía por lo suyo. Había quemado las naves, estaba dispuesto a abordarme. A cualquier precio. No sin envidia, pensé que él sabía lo que quería y tenía una estrategia para conseguirlo.

Me llamo Lamberg, Bob Lamberg, dijo. Tenía el pelo castaño, los ojos oscuros y relucientes. Su cara blanca, con una extraña dureza de planos, remataba en una nariz parecida al pico de una garza. Manejaba los silencios, esta circunstancia me descolocó; en consecuencia, hablé más de la cuenta. Le conté que me dedicaba al arte y le di algunas precisiones de mi oficio. Escuchó con atención –claramente, era una de sus virtudes– y cuando terminé, dijo, como si de pronto recordara algo vital: Este pasaje de acá atrás, el que está pegado al parque, se llama Schiaffino por el pintor.

Salimos del bar y caminamos hasta la plaza. Había oscurecido. De pronto, caí en la cuenta de que me acompañaba un completo desconocido y me sentí incómoda. Para remediarlo, recurrí a la peor de las soluciones, le pregunté a qué se dedicaba. Sonrió como si hubiera anticipado mi inquietud. No puedo responder lo que me pedís si antes no describo a mi abuelo, dijo. Era un hombre extraordinario. Soberbio, valiente, un héroe. Tenía los bigotes negros con las puntas hacia arriba. Nació en Budapest, la ciudad más bella de Europa.

Bob hablaba como si hubiera repetido mil veces la historia que me contaba. De hecho, con su enorme destreza de narrador, captó enseguida mi interés. Por eso, cuando alguien de pronto lo interrumpió –Lamberg, le dijo. Oiga Lamberg–, nos sobresaltamos los dos. Era un hombrecito de barba blanca que paseaba un ovejero alemán con una notable expresión humana. Yo, ni bien me recompuse, aproveché el exabrupto. Me disculpé con los dos, giré sobre mis talones y me esfumé. Desde luego, Bob se quedó con ganas de seguir con su relato, y esa frustración –juro que pude percibirla–, lejos de considerarla perjudicial, me pareció un beneficio para nuestra futura relación. Aquella vez, mientras abría la puerta de mi departamento, pensé que, en ese primer encuentro, el azar había estado de mi parte.

*

Me di un baño de inmersión. Después, herví arroz. Necesitaba austeridad, ascetismo. Esa noche me costó dormirme, y cuando lo conseguí el sueño fue superficial. A las cinco me despertó una sirena de ambulancia. Me levanté. Preparé té verde. Lo tomé en la cocina, junto a la hornalla encendida, descalza. En ese momento, dos horas antes de que amanezca, estuve segura de que acababa de iniciar una nueva etapa en mi vida y de que, en ese período, con toda seguridad, me convertiría en otra persona distinta de la que había sido hasta entonces.

Evidentemente, a la madrugada tomé frío. Durante el desayuno me empezó a doler la garganta y me sentí cansadísima. Tragué dos aspirinas y volví a la cama. Encima del cobertor estiré un poncho andino, pero a pesar del abrigo temblé como una hoja. Me dolía todo. Respiré hondo varias veces para relajarme y, de a poco, me fui quedando dormida. Me despertó el teléfono. No iba a atender, pero insistieron tanto que pensé que había pasado algo grave.

Llegué como pude hasta la mesa de mimbre sobre la que estaba el aparato. Atendí y escuché la voz nerviosa de mi padre. Su modulación era acorde con la circunstancia. Le conté que me sentía mal, pero no le dio la menor consideración. Tengo miedo, dijo. Lo que me pasó en Praga me volvió loco. Salto de desgracia en desgracia. ¿De qué hablás?, pregunté.

En ese momento vivía en Montauban, a seiscientos kilómetros de París. En menos de dos meses lo había mordido un perro, casi se electrocuta con un electrodoméstico y una pandilla de skinheads lo había golpeado a la salida de un cine. Le dije que no pasaba nada, que simplemente era una mala racha. Le aseguré que yo lo quería y que no había día en que no pensara en él.

Llamaba para escuchar esas palabras. Se calmó un poco –lo noté en su respiración– y me dijo que yo era su hija del alma y que me extrañaba mucho. Pensé que hacía dos décadas que se había ido a Europa y que esa decisión contradecía sus dichos, pero enseguida me corregí. Yo nunca me había llevado bien con el amor o, más precisamente, jamás había entendido su forma de expresión. Estoy planeando un viaje a París, le dije en un impulso. Quiero que pasemos tiempo juntos. No fui sincera, tampoco falsa: necesitaba decir lo que dije tanto como él escucharlo. La mayoría de las veces, lo auténtico nace de una urgencia. Es un forzamiento, una especie de exabrupto.

Corté y volví a la cama. Me tapé con todo lo que encontré a mano. Otra vez, entré en un sueño febril. Desperté al mediodía con dolor en las articulaciones. Fui al baño y descubrí el botiquín vacío. Entonces, bajé la tapa del inodoro, me senté sobre ella y me largué a llorar. Imaginé que mi soledad era irremediable, definitiva. Cuando me repuse, llamé a la casa de mi madre. Atendió mi abuela y le rogué que viniera. Al rato apareció con Cristela. Trajeron cosas para cuidarme. Me hicieron tragar una pastilla, me dieron un caramelo de propóleo y me enfundaron en un camisón que no usaba desde los quince años. Después de atenderme, Cristela se metió en la cocina y se puso a preparar sopa.

Mi abuela dobló la ropa que había quedado sobre una silla y la guardó en el placard. Aproveché para mirarla. La noté distinta, más ancha y blanca que siempre, con la cabeza asentada y redonda, como si la vejez fuera para ella una afirmación, una presencia, una estrategia para consolidar su estampa, que ya de por sí era majestuosa. Ni bien el caldo estuvo hecho despachó a Cristela. Andá, le dijo. Yo me ocupo de la nena. Escuchar que me llamaba "la nena" me horrorizó y fascinó al mismo tiempo. La expresión hizo que, por unos segundos, pudiera verme desde afuera, como si alguien hubiera instalado una cámara en el techo y yo tuviera la posibilidad de mirar por ese objetivo. En cierto sentido esas dos palabras, la nena, me habían expulsado de mí misma. Me pareció que algo esencial había dejado de depender de mi arbitrio, para acatar el de otra entidad, indiscutible, que mandaba en aquel momento en el cuarto.

Mi abuela acomodó las almohadas en la cama y me pidió que me levantara. Había puesto la mesa en la cocina. Me sirvió un plato de sopa y un vaso con agua y ralladuras de jengibre. La intimidad del ambiente, el frío exterior y el silencio del departamento hicieron que nos comunicáramos como jamás lo habíamos hecho. Ella recordó que cuando yo tenía cuatro años me había atacado una gansa. Mirá, dijo y me señaló el mentón. Todavía tenés la cicatriz. Te salvó Donato. ¿Te acordás? Pobre Donato. Qué será de su vida. Hablamos del precio que tuvo que pagar por traicionar su destino; después, de mi padre y de lo que ella llamó su enorme egoísmo; después, del mal carácter que tenía su finado marido, el neurólogo; después, de la vez que ella se había quebrado el brazo y del terrible enojo que le había provocado esa fatalidad. Por último, de la relación entre mi madre y Luchito.

Yo la escuchaba en silencio, menos atenta a las anécdotas que a la asombrosa naturalidad con que las enlazaba. Sin embargo, algo me llamó la atención cuando habló de mi madre y su pareja. Dijo que habían vuelto distanciados de Europa. Estaban juntos, pero no tenían registro el uno del otro. Entre ellos, había crecido una gran indiferencia, fruto, quizás, de que cada uno se había convertido en espectador de sus procesos internos. No sé, dijo mi abuela. La cuestión es que no se llevan el apunte. Y ella, preocupada por su hija, había pensado que una mascota podría ayudar al encuentro. Había comprado un Yorkshire terrier a un vecino que tenía criadero. Es una completa locura, le dije. ¿Quién se va a hacer cargo del perro? Cuidar a un animal los va a obligar a poner los pies en la Tierra, comentó ella.

\*

175

Dos días en cama. El tercero me levanté y me di un baño con agua bien caliente. Desayuné tostadas y café. Salí a la calle a eso de las once. Necesitaba moverme y respirar aire fresco.

Hice diez pasos por la vereda y, de pronto, vi algo que me sobresaltó: un hombre a caballo, de uniforme –un policía, supongo–, dobló por Posadas hacia Ayacucho. Miré al animal esforzado por la subida, el pescuezo casi horizontal, la testuz, firme y estrecha, las orejas, largas, sudadas, oscilantes, y recordé a otro caballo. Laureana, dije, y se me vino a la cabeza la yegua que mi padre le había vendido al árabe. Una vez más, noté que las cosas se repiten, y que en cada nueva vuelta hay un puñado de variantes que disimulan el parecido entre unas y otras.

*

Esa semana, busqué a Bob.

Recorrí todos los bares de Recoleta.

En nuestro último encuentro, el apuro por irme me había vuelto injustificadamente optimista. Cuando el hombrecito de barba blanca entró a escena, yo escapé y Bob no había tenido tiempo de pedirme datos de contacto. Ahora entendía que ese hombre, así de tramposo como se veía, era la repetición de un estado de mi ánimo. Quizás sea infantil lo que digo, pero de ese modo lo sentí en aquel momento.

La mayoría de las veces, tardo en comprender las evidencias y de golpe, sin ninguna razón, las descifro. Por una estúpida urgencia había perdido a Bob y eso me torturaba. En aquellos momentos pensaba que nadie podía tener piedad de mí porque yo no la tenía para mí misma. Ese era mi estado y no sabía qué hacer para salir de él.

## 29

De pronto, todo se volvió lento y triste. Me sentía una estúpida por extrañar a un desconocido pero no podía evitarlo. Bob había desaparecido del barrio. Lo primero que hice fue averiguar en La Rambla. Le pregunté a los mozos y al encargado. Lo describí hasta donde pude: pelo castaño, ojos brillantes, cara angulosa y blanca.

A medida que detallaba su aspecto sentía que lo perdía más, como si con cada pulso de memoria se activara otro, compensatorio, de olvido. Para precisarlo había que convertirlo en fantasma. La gente lo conocía, todos creían haberlo visto, pero nadie podía precisar su paradero. Bob, decían. Claro, Bob. Un día de estos, aparece. Es un misterio ese hombre.

Un día, tuve un presentimiento. Me metí en una especie de lechería que había sobre Pueyrredón. Era un lugar lleno de moscas al que jamás hubiera entrado si no fuera porque quería encontrar a Bob. Supuse –ya no sabía qué variables considerar– que quizás hubiera cambiado de hábitos. Quien muda de costumbres, muda de bares. Llegar a esa conclusión me puso feliz como si hubiera ganado la lotería. Me dije: Claro, cómo no lo pensé antes. Con ese talante, entré al bar. Me atendió un viejo chiquito y transpirado, con una servilleta colgada del antebrazo.

Pedí un licuado de banana y lo bebí a toda velocidad. Mientras pagaba, le pregunté por Bob. Lo describí sumariamente. El viejo negó con la cabeza y me miró como si le hubiera faltado el respeto. Entonces, me paré y me puse el abrigo. El viejo aprovechó para acercarse al mostrador y hablarle al oído a otro tipo más joven y, claramente, con mayor responsabilidad en el negocio. Mientras cuchicheaban, me clavaron la vista. Salí a las apuradas y me fui a casa volando. Pasaron dos días hasta que superé el susto que me provocó ese episodio.

*

Al poco tiempo, una mañana, llamó mi abuela. Lotte se había comunicado con ella, supuestamente mi teléfono le daba siempre ocupado. Imposible, le dije. No hablo con nadie. Mi abuela comentó que la holandesa me quería dar una noticia. No fue fácil encontrarla. Me atendió a las diez de la noche del día siguiente. Estaba excitada: Alf Nilsson nos había aceptado como representantes. Cancelé todas mis actividades. A los diez días me encontré con Lotte en Ginebra. Se había hecho un corte de pelo –una especie de carré desmechado– que le quedaba hermoso, le resaltaba su preciosa nariz respingada. Me invitó a almorzar a un lugar del que se veía el chorro vertical de la famosa fuente de agua de la ciudad. Después, hicimos una caminata y nos metimos al hotel. Hablamos hasta la afonía.

Garza estaba corrigiendo su estrabismo con un oftalmólogo alemán y ellos se habían mudado a un piso en Ámsterdam. Yo le conté mi tema con Bob. Empecé a hablar de lo que me estaba pasando y ya no pude detenerme. Le dije que me parecía absurdo sentir algo así por un desconocido y, además, angustiarme por no encontrarlo. Lotte comentó –usó un castellano enrevesado– que yo me había deslumbrado con ese hombre porque estaba dispuesta a deslumbrarme, venía enamorada antes de estarlo. Me pareció incómoda su opinión.

Guardé silencio como si evaluara la idea, pero en realidad rumiaba mi resentimiento. La holandesa no había entendido nada precisamente por ser holandesa. A la mañana siguiente, alquilamos un auto y nos fuimos al pueblo de Alf Nilsson. Nos costó llegar, perdimos el rumbo tres veces. Tuvimos que volver atrás y retomar la ruta correcta. En varios momentos, nos sentimos tan desesperadas que llegamos a extrañar al chofer de Calabria.

*

Alf estaba flaco y espigado. Se había dejado una barba rala, al modo de los chinos de la antigüedad, que le colgaba varios centímetros por debajo del mentón. Lo encontramos fumando cigarros con una larga boquilla de caña. Se había acomodado bajo un lirio, y mantenía los ojos entrecerrados como si la claridad los lastimara.

Nos recibió con un inmenso –e injustificado– cariño. Me llamó la atención no ver a su asistente, pero no pregunté para no complicar la cosa. Alf, que calzaba unas chancletas de base plana de madera, nos invitó a hacer una caminata. Anduvimos por un sendero de tierra en medio de unos pinos altos. Cuando el bosquecito se volvió tupido, nos rodeó una niebla con olor a membrillo maduro. Deambulamos entre los árboles hasta que, de pronto, llegamos a un claro casi perfectamente circular. En ese lugar, Alf propuso que nos detuviéramos.

Nos sentamos con las piernas cruzadas a lo yogui y abordamos el tema que nos interesaba. Lotte, confiada y dulce, dijo que se sentía feliz por poder difundir la obra del sueco. Él, en vez de escucharla, cerró los ojos. Inhaló aire por la nariz y lo exhaló sonoramente por la boca. Ese lapso duró tanto tiempo que nos desorientó. No sabíamos qué hacer: intercambiamos miradas de desconcierto y empezamos a comunicarnos con gestos para no interrumpir su ensimismamiento.

Al rato, cuando ya lo creíamos perdido, Alf volvió en sí. Sin que entendiéramos a cuento de qué, empezó a contar la técnica pictórica del Bosco. Dijo que se apartaba de la tradición flamenca. Usaba capas de óleo que permitían entrever el lienzo sobre el que pintaba. Después, con un pincel fino daba algunos toques: trabajaba en los detalles, realzaba la luz. Este método concedía un efecto especial a su universo fantástico. Todo lo que representaba –personajes y paisaje– aparecía nimbado, como si cada trazo resplandeciera. Alf dijo que entender esta cuestión había significado un segundo nacimiento para él y que, ahora, que había descubierto el secreto, quería reproducirlo. Las figuras que inventaba Alf, en ese momento, eran hijas del imaginario del Bosco. Pintaba mujeres enanas y amarillentas, de cofias ajadas, y guerreros de terracota que limpiaban la sangre de sus espadas en estanques de aguas inmóviles. Nosotras nos quedamos mudas. Acaso pensamos lo mismo: en la extravagancia de Nilsson había delicadezas que se nos escapaban.

Luego, con enorme destreza, pasó a otro tema. Discutió el porcentaje de representación y nos autorizó a promocionar solo esa nueva parte de su obra, que constaba de siete escasos lienzos. Regresamos en el auto con una horrible sensación de fracaso. Sonaba Händel en la radio. Afuera, el cielo cambiaba de color. Una lluvia fina lo impregnaba todo. La gente de campo, con la ropa llena de barro, se movía con una extraña inercia que también mandaba a la tropilla –una yegua madrina y tres padrillos– con la que nos cruzamos en la zona de mayor altura.

*

Volví a Argentina en un avión que despegó de madrugada. Tomé vino en una copa de plástico y miré una película en la que Robin Williams se travestía para estar cerca de sus hijos. Me reí a carcajadas y no me importó que el resto de los pasajeros me mirara con odio. Pensé que la que acababa de ver era la mejor comedia del mundo. Exageré, pero sentí que ese pensamiento, así de estúpido y elemental, expresaba a las claras mi participación en la vida.

Llegué a Buenos Aires y corrí a la casa de mi madre. Había organizado un té con la gente de Lanza del Vasto. Sobre la mesa del living había de todo: empanadas, sándwiches triples, figacitas de pollo y aceituna, fosforitos, salchichas envueltas y no sé cuántas cosas más. El perro –una hembrita a la que le habían puesto un moño escocés entre las orejas– tenía pocos meses y andaba de acá para allá entre la gente. Todos se enternecían. Mi madre se jactaba de su pedigrí y de que perdiera poco pelo. La llamaban Olivia para honrar la memoria de un bichón maltés que Luchito había amado como a un hijo.

Como mi madre no me prestó atención, me puse a hablar con la primera persona que encontré. Resultó ser un arquitecto que lo primero que dijo fue que había que abrir ventanas en las medianeras. Había sido socio de Livingston. Era alto, maduro y bien educado, y se encargó de hacérmelo saber de inmediato. Por estas razones, creo, acepté su invitación. Vamos a tomar una copa afuera, propuso. Nos fuimos con discreción. Subimos a un taxi impecable y él indicó el destino. Quiero que conozcas la torre con mejor vista de Buenos Aires, dijo.

Bajamos en Corrientes y Alem y nos metimos a un edificio que, en ese momento me enteré, se llamaba Comega. En el piso 19 había una confitería espectacular. Se observaba el puerto, la oscuridad del Río de la Plata y las luces lejanas de Quilmes. Todos conocían al arquitecto y le dieron un trato preferencial. Ocupamos una mesa junto a los ventanales. Pedimos dos Manhattan –el lugar lo ameritaba– y un pincho de encurtidos para no seguir tomando con el estómago vacío.

El tipo –no puedo recordar su nombre– comandaba extraordinariamente bien la sociabilidad. Tenía una conversación afable y sabía escuchar. Sinceramente, pasamos un buen momento hasta que, para acomodarme un bretel del vestido, giré la cabeza hacia la barra y lo vi: los antebrazos en el mostrador de acero. Hablaba con el barman. Igual que la primera vez, tenía un saco de tweed y los rulos, horribles, aplastados con agua. La escena se repite, pensé, y fue como si lo hubiera llamado. Me miró de soslayo, sonrió y levantó la copa para saludarme. De ahí en más todo fue vértigo.

Tengo que ir al baño, le dije al arquitecto. En el camino, Bob me interceptó. Se mostró sorprendido de verme. Intercambiamos menos de diez palabras –que alcanzaron para que le pasara mi teléfono– y se despidió con un gesto de cortesía. En ese momento terminó mi noche, pero me esforcé para no arruinar la velada. Repetimos los tragos.

El segundo Manhattan me cayó como una bomba. Sentí náuseas y una pesadez descomunal que no conseguí disimular. El arquitecto me asistió hasta donde se lo permití.

Fuimos en taxi a casa y él, durante todo el trayecto, guardó un respetuoso silencio. Antes de bajar del auto le pedí disculpas. Él, que era todo un caballero, dijo que la amistad era una cenicienta acostumbrada a las privaciones. Mañana te llamo, dijo, pero se escurrió para siempre de mi vida.

# 30

Amanecí despejada, pero con gusto a metal en la boca. Me incorporé en la cama, apenas, y me concentré en la respiración, como hacen los yoguis. Desde donde estaba veía el malvón de flores blancas que había junto a la ventana y una reproducción de *El sol de la mañana*, de Edward Hopper. Disfruté de la escena de aquel óleo: las sábanas y las paredes blancas, el despojamiento del paisaje, la luz. Sobre todo la luz, tan quieta y blanca que me llenó de nostalgia.

Por el efecto de esa emoción, me pregunté si era posible estar enamorada de alguien y anhelar, con desesperación, verse liberada de esa persona. Haber visto a Bob Lamberg tan de improviso –apareció y desapareció como un flash– me había desconcertado, pero en vez de preguntarme por el motivo de esa confusión, lo comparé con el episodio de Laureana, la gata barcina que había perdido en la adolescencia. Cuando llegué a este punto, me levanté. Envuelta en la bata fui hasta la cocina. No hay mal que se resista al té y a las aspirinas, pensé.

*

Antes de la nueve, llamó mi padre. Garza le había contado el asunto de Alf. Mi padre dijo que desde que era una nena me había imaginado exitosa. Me felicitó como si yo hubiera ganado el premio Nobel y, a pesar de que su elogio era desproporcionado, me sentí feliz de escucharlo.

No le aclaré los pormenores del arreglo con el idiota de Nilsson. Nos hubiéramos deprimido los dos. Estaba excitado, con ganas de contarme algo, pero esta vez decidió respetar el protocolo y preguntarme cosas sobre mi vida.

No le conté nada sobre Bob, no quería darle nombre a lo que me estaba pasando. Le hablé de mi madre, de Luchito y del terrier que habían adoptado. Mi padre se rio con ganas como si le hubiera contado un chiste. Dijo algo acerca de la pareja de mi madre, un insulto velado, y me di cuenta de que cuando hubo pasión entre dos personas las aguas jamás volverán a estar quietas entre ellos.

Después, como quien no quiere la cosa, precisó el motivo del llamado. Había noticias sobre el paradero de Steve. La primicia la había dado el gobierno de Australia. Un antropólogo había encontrado un hueso humano, una clavícula, en plena espesura y, como hacía poco había desaparecido un misionero cristiano, la reportó a las autoridades. El trabajo de los laboratorios fue rápido: pertenecía a Steve.

Al parecer, un grupo de arrieros lo había confundido con otra persona y lo había matado. Después, enterados de su error, hirvieron el cuerpo para descarnarlo y lo esparcieron por la selva. Mi padre estaba haciendo los trámites para expatriar los restos. Su idea era enterrar lo que quedaba de Steve en Montparnasse. Quería honrar su memoria con una ceremonia que había preparado con Rodolfo Hottinguer, que ahora, además de su culto por el té, se había apasionado con los ritos mortuorios. Cuando terminó con su historia no supe qué decirle. Lo felicito o le doy el pésame, pensé.

*

Bob se hizo desear. El tiempo que pasó hasta que sonó el teléfono fue un calvario. No hacía nada, y en lo poco que intenté concentrarme, fracasé. Él se excusó. Había estado ocupado con temas familiares, dijo. ¿Temas familiares?, pensé yo. Lo había imaginado preocupado solamente por regular la distancia con el mundo. Me citó en Arenales y Pellegrini.

Tomemos un cafecito, propuso. Claro, dije, pero en La Rambla.

*

Fue una charla confusa. Bob hablaba en zigzag, por eso la mayoría de sus interlocutores quedaban atrapados en su laberinto. Lo único claro que me quedó fue que vivía en un departamento luminoso sobre Cerrito, y que solventaba sus gastos con rentas. Los rulos espantosos, indisimulables, aplastados con agua, eran lo más hermoso que tenía ese hombre. Lo más hermoso y lo único genuino, porque el resto era pura impostura. Pero, puedo decir en mi defensa, que el que no se encandila con fantasías es un redomado imbécil. Los reinos que adoro, lo sé bien, discuten con este mundo literal. Esa vez nos despedimos como dos amigos: beso en la mejilla y cada uno para su lado.

Me llamó a los dos días. Era viernes. Yo estaba por salir a reunirme con un galerista y sonó el teléfono. Te invito mañana a pasear por el Jardín Japonés, dijo. No podía creer lo que escuchaba. ¿De dónde había sacado la idea? No dije que sí ni que no, pero al final la propuesta me pareció tan inusual que acepté. Nos encontramos en la entrada, por avenida Casares. Bob estaba vestido con camisa blanca y suéter escote en V. Lo primero que hizo fue contarme la historia de unos mocasines que se había puesto a pesar de que le quedaban chicos. Me pregunté si este relato tan inconsistente no se explicaría por la urgencia de decir algo, cualquier cosa, para sortear la tensión del momento. Imaginé que Bob estaba nervioso y me pregunté si sería posible que yo lo intimidara. De pronto, me enterneció y lo vi como a un chico desamparado. Entramos al parque del brazo, como si fuéramos novios y estuviéramos en 1920. Caminamos por un sendero hasta el criadero de peces. Desde la pérgola observamos el puente curvo y el faro histórico. El lugar me pareció hermoso, pero un poco artificial. No había nada fuera de lugar: el paisajista había sido tan minucioso que la vista general resultaba asfixiante. Esta circunstancia más el frío –de golpe se levantó un viento helado– me retrajo un poco. Bob lo notó y me invitó a entrar al restaurante. Pedimos té con laurel y canela. Después, reanimados, seguimos con el paseo.

Tomamos por el camino de las rosas y antes de llegar al mirador, a metros del puente plano, Bob, sin darse cuenta, pateó un hormiguero. Era una montaña de tierra disimulada por las hojas de una azalea. Los bichos lo atacaron sin piedad. Se le treparon de a miles, eran verdaderamente un ejército. Yo me quedé paralizada. Bob se movía como un monigote tratando de librarse de las hormigas y, al parecer, su desesperación las enardecía más. Fue poco tiempo, un minuto o quizás menos, hasta que en un acto reflejo saltó al lago.

La sensación de absurdo que me invadió fue total. Bob quedó parado, con el agua hasta las rodillas y la cara descompuesta de odio. En ese momento hubo corridas. El personal de seguridad se acercó sin entender qué pasaba. Bob estaba fuera de sí. No se dejaba tocar. Su locura creció tanto que tuvieron que reprimirlo. Lo metieron en los baños hasta que se calmó. Después le pidieron disculpas, guardaron sus mocasines en una bolsa de plástico y nos despacharon en un auto.

Él dio la dirección de su casa, no tuvo opción. Y yo, fiel a un pacto implícito, lo acompañé. Con ese gesto, los dos nos abrimos a todo y cambiamos el curso de nuestra relación. La complicidad, estoy convencida, necesita de la voluntad de las partes, pero sobre todo de una coyuntura para expresarla.

El departamento luminoso sobre Cerrito era un segundo piso contrafrente, un ambiente con *kitchenette*. Lo mantenía ordenado: cama tendida, mesada limpia, cocina despejada. En el aire, había olor a desodorante de ambientes. Entro a darme una ducha caliente, dijo. Yo me puse a mirar los libros que tenía en un estante, mucha historia europea –Imperio ruso, Imperio napoleónico, Segunda Guerra–, varias publicaciones de libros técnicos y un volumen que se destacaba por la calidad de su encuadernación: *Cosmos*, de Carl Sagan. Lo abrí al azar. En el siglo III antes de Cristo, el director de la biblioteca de Alejandría calculó con increíble precisión que la circunferencia de la Tierra era de cuarenta mil kilómetros. Para llegar a ese número, además de su cerebro y de su curiosidad, usó un par de varas largas de madera y varios metros de soga gruesa.

# 31

Bob salió del baño vestido con ropa limpia. Su idea era agradecer mi asistencia y despacharme, eso quedó claro. Defendía su intimidad a capa y espada. Me había llevado al departamento porque el accidente lo había dejado sin reacción, y ahora se arrepentía. Estaba incómodo, era evidente. A las claras, mi presencia suponía una amenaza. No debería haberme permitido entrar a su dominio, pero ya era tarde, él lo entendía así.

Un rubor le coloreaba las mejillas y los ojos se le habían vuelto más negros. Permanecía quieto, la mirada clavada en mí, los rulos húmedos y alborotados. No sabía cómo sacarme de su casa, le preocupaba que su reacción despertara sospechas. Pobre hombre, pensé yo, y sentí una compasión que me impulsaba a acariciarle la cabeza.

Bob se cerró como una ostra. Insistí: desde siempre me interesa lo que es difícil de conseguir. Le pedí que se calmara. De a poco, la confiada alegría de mi afecto lo fue ablandando. Nos sentamos en un sillón de mimbre y nos pusimos a charlar. De inmediato, sentí cómo crecía el deseo entre nosotros. Era un latido regular que tenía mucho de vacío y de tristeza. Dormimos en una cama angosta, uno sobre otro, tapados por una colcha floreada. Entendí esa incomodidad como parte del triunfo, la ofrenda por circular en un territorio vedado.

*

A la mañana, Bob se despertó antes de las siete y recuperó la tensión perdida durante la noche. Sin embargo, nunca resignó la cortesía y su total disponibilidad. Preparó café en una Volturno. Comimos tostadas con miel de caña en su mesa diminuta. Sabía todo sobre las abejas. Me enteré de que tenían el cerebro desarrollado. Podían reconocer caras, colores y formas. Contaban con cinco ojos en la cabeza, eso les permitía tener una visión panorámica del universo. Todo lo que decía Bob me fascinaba. El viejo mundo que yo creía conocer al dedillo se me mostraba ahora misterioso y deslumbrante. Cuando se ponía a contar estas cosas, irradiaba un vigor único que, paradójicamente, parecía la secuela de un profundo cansancio. Cierta pesadez de espíritu daba a su esplendor una cualidad rutilante.

Aquella mañana, me di cuenta de que, en realidad, no lo escuchaba a él sino a la idea que me había hecho de su persona. Estoy perdida, pensé: mi imaginación es más fuerte que mi voluntad. Movida por este impulso, en ese momento, dije algo, una tontería sentimental, que me dejó mal parada. Bob suspiró, nunca supe si fue por piedad o desilusión.

*

Volví a casa. Esa semana tuve que trabajar con la obra de Alf, pero estaba distraída y nada me salía bien. Hasta las tareas más usuales me resultaban difíciles. Había perdido la fe en mi capacidad y, hasta donde mi ánimo lo permitió, me entregué al hastío y a la impotencia.

Extrañaba a Bob. Esperaba el día entero que me llamara, pero él, evidentemente, tenía otras prioridades. No me había pasado con ninguna de mis relaciones. El tiempo, ahora, me parecía banal, endeble y dolorosamente largo.

Porfié y nos vimos. Lo invité a casa. Preparé malfatti con salsa de hongos y pasamos una excelente velada. Esa noche fue la segunda que dormimos juntos. Se despertó tarde y este detalle me puso feliz. Me prefiere, pensé. Frente a un café humeante me habló de sí mismo como si fuera un hombre sencillo a gusto bajo el cielo de Buenos Aires. Era obvio que mentía; sin embargo, todo en él me parecía maravilloso. Bob se dedicaba a simular. Por lo tanto, me resultaba irresistible. Escapaba a la literalidad, estaba lleno de pliegues. No había forma de conocerlo y, como es de suponer, eso lo transformaba en el hombre más seductor del planeta.

\*

Un día lo llamé a las diez de la mañana. Me dijo que se iba a Córdoba. Acompañaba a un amigo a vender un terreno de dieciocho hectáreas. Le pregunté cuándo volvía. Se quedó callado. No quise importunarlo y desvié la conversación, le conté que en esos días yo también viajaría. Un matrimonio belga, coleccionistas de arte, me había invitado a Bariloche. Antes de cortar nos deseamos suerte. No tuve noticias de él por dos meses. En ese lapso sufrí mucho. Los belgas suspendieron el viaje –la mujer se quebró la rodilla jugando al golf– y Alf parecía un chico de cinco años: insoportable con sus demandas. Lotte me llamaba día por medio con las novedades.

Empecé a hacer largas caminatas para distraerme. Bajaba por Figueroa Alcorta hasta los bosques de Palermo. Ahí me sentaba en un banco, a la sombra de un árbol y esperaba que se me vaciara la cabeza. Volvía, comía liviano y me metía en la cama. A veces, me juntaba a cenar con Orla. Íbamos a un lugar de pastas que había sobre la calle Libertad. Ella me contaba algún proyecto vial en el que estaba metida. Sus relatos, cada vez más previsibles, me aburrían horrores. Orla siempre estaba inquieta, se movía en la silla, sus labios cubrían y revelaban sus encías constantemente. Lo que me pasaba con ella era contradictorio y, hasta cierto punto, perverso: odiaba su mundo, pero, al mismo tiempo, necesitaba confirmarlo. Todo es más idiota de lo que había supuesto. Y este juicio, esta simplificación brutal, me daba libertad: podía hacer lo que se me antojara en un marco de tanta incoherencia.

Nuestros encuentros eran cortos: a las doce, como mucho, nos despedíamos. Una noche de mayo, nos separamos antes de esa hora. Yo volví a casa y me acosté en el acto. Estaba dormida cuando sonó el teléfono. Imaginé que era Bob y corrí a atender. Cuando escuché la voz de mi abuela, la decepción fue tan grande que me quedé muda. De todas maneras, ella habló por las dos. Había habido un accidente. Mi madre y Luchito estaban en un taxi rumbo al Mater Dei. Urgente, dijo, y no escuché más. Me abrigué con un montgomery y salí para el sanatorio.

Entré a la guardia como un caballo desbocado. Una enfermera me dijo que estaban bien los dos. ¿Qué pasó?, pregunté. Accidente doméstico, dijo. Algo más frecuente de lo que se cree.

Esperé en una sala que parecía el desierto del Sahara. A la larga me quedé dormida. Me despertó la misma enfermera con un vaso descartable en la mano. Tecito, dijo. Le va a venir bien. El señor Butler entró al quirófano hace quince minutos. ¿Butler?, pensé. Me costó relacionar ese apellido con Luchito.

Al rato apareció mi madre. Tenía los ojos deslucidos, parecían dos pedazos de vidrio sucio. Me abrazó como si hiciera meses que no nos veíamos. Estaba asustada. Fuimos a la confitería del subsuelo y, ni bien entramos, el olor del café nos confortó. Se metió en la boca un pedazo de medialuna y masticó como un náufrago. Después habló. La cosa era simple: Luchito se había agachado para acariciar a Olivia y, en ese corto trayecto, su cabeza chocó con una virgen de Guadalupe que había sobre una mesa baja. El accidente había sido desafortunado: uno de los picos que representaban el resplandor de la imagen se le había metido en el ojo derecho. Los médicos decían que la pérdida de visión sería irrevocable. Llegado este punto, mi madre, sin ser dueña de su boca, dijo: Qué pedazo de imbécil, este tipo.

Luchito quedó ciego de ese ojo. Se lo reemplazaron por una cascarilla del mismo color del otro. Cuando movía el izquierdo, el ojo artificial lo acompañaba con una leve demora. Era un detalle menor, pero el asombro que provocaba era tan grande que terminó por cubrírselo con un parche negro. El irlandés se transformó en pirata, decía mi madre para descomprimir.

\*

Cuando casi me había resignado a su ausencia, apareció Bob. Córdoba lo había tratado bien y tenía ganas de verme. Así lo dijo. El corazón me dio un vuelco: ¿ganas de verme? Te extrañé, comentó al pasar. Cuando escuché estas palabras, sospeché que necesitaba algo. De todas formas, entendí que la felicidad necesita de la imaginación. Si tengo que pagar ese precio, estoy dispuesta, pensé. Era invierno y se imponían platos calóricos. ¿Vamos al Imparcial?, propuse.

Bob estaba más gordo, los kilos se le habían repartido parejos por todo el cuerpo; de hecho, cuando le rocé la espalda, noté el manto adiposo que la cubría. Además, había dejado de peinarse con agua. Ahora, sus rulos encimados le daban un aspecto vaporoso a su cabeza. Ni bien ocupamos la mesa, me dio una bolsa con peperina, carqueja y poleo. Te traje regalitos, dijo. Pensé que era una broma. ¿Yuyos?, pregunté, y los guardé en la cartera. Pensé que Bob era, verdaderamente, alguien fuera de lo común, casi un artista, como Papaccio. Nadie en mi vida me había regalado algo semejante. Para festejar el reencuentro, pedimos callos a la madrileña. Esa vez fue especial en más de un sentido. Terminamos en casa. Él se mantuvo inmóvil y silencioso, pero me contuvo entre sus brazos la noche entera.

# 32

Hubo un momento en el que todo pareció arreglarse.
Mi padre visitaba regularmente la tumba de la clavícula de Steve. Le dejaba un ramo de lirios blancos, que había sido la flor preferida del fotógrafo, y le pagaba a un hombre para que desmalezara y cuidara la lápida. Tener un sitio para honrar la memoria de su pareja lo ayudó a cerrar el duelo. Cuando me llamaba, ahora bastante seguido, se lo notaba animado y con planes. De hecho, todo lo que emprendía brillaba. La estancia era una usina de plata y las subastas de antigüedades, proyecto compartido con Rodolfo Hottinguer, se había vuelto prestigiosa por la venta de una escultura egipcia. En el plano sentimental, también repuntó. No me lo dijo directamente, pero –por las veces que lo nombró– me di cuenta de que estaba saliendo con su instructor de yoga. Era un francés llamado Bernard –nunca supe si ese era su nombre o su apellido– que, supuestamente, se había educado en una escuela fundada por el gurú Yogananda. Mi padre siempre había tenido un cuerpo atlético, pero, al parecer, con este maestro estaba logrando verdaderas proezas físicas.

Un día, me dijo que Bernard le había propuesto hacer un retiro de meditación en Islamabad. Lo estaba pensando, pero me anticipó que le entusiasmaba la idea. Había descubierto una fuente de bienestar en esa práctica y quería desarrollarla al máximo. Además, no conocía Pakistán y, si el viaje se concretaba, iba a extenderlo por parte del sudeste asiático. Por primera vez, escuchaba en su voz un esmalte de felicidad. Ahora, su relación con el mundo había cambiado, era menos engañosa. A pesar de que yo, al comienzo, no lo creía, terminé por admitir el efecto positivo del yoga. Lo cierto fue que, en su vida, se ordenaron hasta las incongruencias más marcadas. De hecho, se reencontró con su hermano Franchu, con el que llevaba décadas distanciado. Se reunieron en Bruselas y la pasaron extraordinariamente bien. Mi tío tenía una nueva concepción de la arquitectura. Había abandonado los materiales duros y se encargaba de las luces. Era experto en luminotecnia. Sus trabajos lo habían colocado en el centro de la escena; entre ellos, el del Grand-Place, para el que usó más de doscientos mil focos, y el del edificio von Eetvelde, que había pertenecido a un secretario general de Estado, creo que del Congo. Pero ahora Franchu se había propuesto algo mucho más osado: iluminar un bosque de hayas. Había presentado al gobierno belga un plan para trabajar en la foresta de Soignes. Cuando se encontró con mi padre estaba esperando que aprobaran el proyecto para programar los tiempos de la obra. Antes de despedirse, se sacaron una foto en una de las avenidas del Parque Real. Mi padre me envió una copia por carta. Cuando abrí el sobre y los vi, me dio frío en el corazón. Eran la misma persona, al punto –lo juro– que me costó distinguirlos. Sonreían y estaban vestidos con camisa blanca. Sus magníficas miradas, dispuestas a la sorpresa; los labios, apenas abiertos, como si acabaran de decir algo importante. Por la luz, resultaba evidente que era la mañana y que acababa de llover. Sus cuerpos brillaban, nítidos, en la escena. Hay imágenes simples que, no sé por qué, proponen desafíos. Aquella foto se planteó como un misterio. Escondía algo: la figura de esos hombres idénticos, parados en un sendero de grava, era un símbolo, pero no podía –ni pude jamás– precisar qué cosa o idea representaban. Quizás por esa imprecisión, por esa maldita evanescencia que se me escapaba como arena entre los dedos, permaneció para siempre en mi memoria.

*

Mi madre también se acomodó al nuevo rol con su pareja. Al principio fue una especie de lazarillo, Luchito se resistió a su condición de cíclope. Tropezaba con todo, estaba irritable, exigía atención. Pero al cabo de unos meses diseñó una serie de rutinas para justificar su tiempo. Juntos, se hicieron fanáticos del rummy. Pasaban días enteros enfrascados en ese juego. También, salían a caminar. Llevaban a Olivia, que cada tanto largaba una seguidilla de ladridos afónicos. Me los crucé varias veces por el barrio sin que ellos se dieran cuenta. Iban solemnes, casi flotando en la luz de la tarde. Sus pasos eran calmos, como si consideraran cada movimiento antes de hacerlo. Mi madre miraba al frente, valerosa como un prócer. Andaba recta, con su máscara ilustre apenas debilitada por los años. A Luchito, en cambio, la desgracia lo transformó. El parche le alteraba las facciones, les quitaba frescura, iba a decir inocencia. Ahora era un tipo inexpresivo: sus gestos se habían ido tras la visión. La mandíbula se le retrajo y el semblante se le ablandó. Su cara representaba a la perfección la docilidad de su carácter.

Como dije, mi madre, al comienzo, fue una excelente ayudante, pero después quiso, con razón, retomar sus actividades. Empezó a ensayar con el coro y volvió a los talleres de la fundación Lanza del Vasto. Luchito sobrevivió perfecto. Contrató a Josué, un asistente uruguayo que lo acompañaba en sus actividades. Además, se compró un bastón de Malaca, útil para sostenerse y para defender la integridad de Olivia, en caso de que la merodearan otros perros. Usó el bastón como arma en algunas ocasiones, pero su dulzura era tal que nunca podría haberle hecho daño a ninguna criatura.

*

Ellos hacían su vida y yo hacía la mía. Hablé con Lotte, que era la mujer más práctica del mundo, para que reformulara nuestra relación con Alf. Ella le aclaró nuestras condiciones y, luego de este episodio, el sueco varió radicalmente de conducta. Disminuyó a cero su grado de ansiedad, esperaba en silencio que le acercáramos las propuestas para mover su obra. El viento sopló a nuestro favor: un coleccionista florentino pagó una fortuna por dos lienzos que, a mi entender, no valían nada. Se trataba de la misma figura, una enana amarilla de cara borrosa, haciendo dos actividades distintas. En una de las obras, se higienizaba en un charco de agua oscura; en la otra, volcaba leche en una escudilla. La alusión al óleo de Vermeer era evidente. Excesiva, diría. Los cuadros estaban hechos con un pigmento a base de excremento de elefante. Alf había usado espátulas para untar ese colorante, con lo cual la escena no tenía el más mínimo dinamismo; además, había obviado el trabajo con el detalle, que, hasta aquel momento, había sido el emblema de su estilo o, para ser más precisa: su poética iconográfica. Con Lotte llamamos a esta serie la colección bruta de Nilsson. Así la presentamos. Un par de críticos usaron la misma palabra para reseñar su arte y el malentendido se dispersó como un reguero de pólvora. Estas obras groseras, sin imaginación, consiguieron una enorme relevancia. Y nosotras aprovechamos al máximo. La comisión que recibimos fue descomunal; en particular, la más alta que yo jamás haya ganado. En verdad, mi economía cambió del día a la noche. De pronto, me vi tan próspera que pensé en comprar un departamento para alquilar, pero el trámite me resultó tan complicado que reformulé mi proyecto: decidí darme todos los gustos. Fue una época extraordinaria, no solo por la plata, sino, sobre todo, por el placer que me dio sacar partido de la estupidez de la gente. Había algo de fraude en lo que hacíamos y, por primera vez, sentí en el cuerpo –en la raíz del pelo y en cierto relajamiento de la zona lumbar– el profundo placer que provoca estafar a alguien.

Al mismo tiempo, mi relación con Bob siguió a pesar de sus particularidades. Era discreto con sus asuntos, casi retraído. Además, había períodos en los que se esfumaba sin justificativos. Una mañana cualquiera, por ejemplo, se iba de casa de buen humor y no aparecía por dos semanas o un mes. Siempre tenía una buena excusa: viajes, compromisos, complicaciones. Me mantenía a distancia y nunca me presentaba a ninguno de sus amigos o, como le gustaba llamarlos a él, conocidos íntimos. De entrada, me aclaró que no quería compromisos, pero yo confié en mi intuición e imaginé que, en algún momento, cedería.

Las actividades de Bob eran un misterio al que yo quería acceder. No podía controlar ese impulso. Era un arrebato, un sentir que me sometía por completo: esclarecer este asunto tenía menos que ver con descifrarlo a él que con entenderme a mí misma. Así lo experimentaba en cuerpo y alma, esa era la ilusión que había crecido en mi mente. Y estaba dispuesta a alcanzarla. Le di todo mi amor a Bob Lamberg, pero además lo financié hasta donde me fue posible. Porque él, hay que reconocerlo, tenía el talento de los canallas: nunca pedía nada directamente, sino que, más bien, expresaba sus necesidades. Satisfacerlas, por tanto, se transformaba en un deber o, para ser más precisa, en una forma de equidad.

Recuerdo su cara de felicidad cuando le regalé los zapatos Oxford, negros, hechos a mano. O la emoción con la que recibió la espléndida reproducción enmarcada de un Courbet. Momentos inolvidables. Como decía mi abuela: El porvenir es un mundo infinito. Y la forma más evidente del futuro, para mí, era Bob. Por eso aposté a él.

*

El último otoño se fue a avistar fauna a la Patagonia. Cuando volvió, me contó que había visto ciervos en una reserva natural. Era la época de brama, los machos salían de conquista al atardecer. Bob se había quedado estremecido con sus gritos. Me miró con esos ojos oscuros que tenía. Noté cierta inquietud en su voz. Pensé: Este hombre quiere decirme que no puede vivir sin mí. Me desalenté enseguida. Su emoción, era obvio, se limitaba al celo de los animales.

Según me contó, la invitación a hacer el viaje había corrido por cuenta de una pareja que había conocido en La Biela. Quise saber más sobre esa gente. Bob se hizo el distraído. Vamos a comer un bife al Rodi, propuso e hizo un gesto con la cabeza. Se le alborotaron los rulos. Me pareció escuchar un tintineo, como si chocaran entre sí un millar de bolitas de vidrio. Era infrecuente que tomara cualquier iniciativa y esta vez lo había hecho con total naturalidad, por eso no quise arruinar el momento. Durante la cena, me habló de cigüeñas que sobrevolaban el mar austral, de la belleza de los biguás y de la resistencia de los cormoranes. Mientras él decía estas cosas, noté que su vida secreta significaba para mi alma mucho más de lo que yo misma había supuesto.

Trajeron el postre y no pude reprimirme: volví al tema. De improviso, le pregunté quién era la gente que lo había invitado al sur. Bob se metió en la boca una cucharada de flan y lo saboreó despacio. Después tragó, tomó un sorbo de agua y me ofreció la respuesta de siempre: Para responderte eso, antes tengo que contarte la historia de mi abuelo. El viejo era un tipo extraordinario: soberbio y valiente. Tenía los bigotes, largos y renegridos, con las puntas engominadas hacia arriba. Era húngaro. Había nacido en Budapest antes del cambio de siglo.

# 33

Mi relación con Bob era un mal síntoma. Tendría que haberlo intuido. Aquella vez, lo escuché horas hablar de su abuelo. Desde muchacho, el viejo, como él lo llamaba, había expresado vocación militar, pero nadie había respaldado su preferencia. Sin alternativas, se empleó en una central química cerca del Danubio. Yendo al trabajo, conoció a una joven modista. Se enamoraron y, como la familia de él se opuso a la relación, planearon una fuga, pero la traición de un amigo los puso en evidencia.

A la chica la internaron en un convento; a él, lo mandaron al campo de un pariente. En ese lugar, conoció a una prima con la que se casó. Tuvieron dos hijos, pero convivieron poco tiempo, ella murió a los veintiocho años de tuberculosis. El abuelo de Bob quedó desolado. En ese momento, decidió cumplir su sueño de juventud: ser soldado. Renunció a la tenencia de los hijos y entró a la Legión Extranjera. Lo destinaron a Medio Oriente y terminó por participar en una campaña africana. Durante un enfrentamiento con grupos anticoloniales, para salvar su vida, se internó en la selva. Lo acompañaba otro legionario. Como es de esperar, se perdieron. Al cuarto día, el compañero se quebró la rodilla y no pudo seguir. El abuelo de Bob lo libró del dolor con una de las dos balas que le quedaban en el fusil; con la otra, alejó una manada de jabalíes. En adelante, deambuló sin rumbo por la espesura. Usó las botas para recolectar y beber agua de lluvia. Se alimentó con gusanos y frutas silvestres. Cuando desesperaba, miraba su brújula, que se le había roto en una caída. Era un objeto inservible, pero lo conservaba porque le daba alivio. De alguna manera, la brújula, a pesar de su ineficacia, me dijo Bob que pensaba su abuelo, representaba un norte preciso. Existía la brújula, por tanto, se podía imaginar un rumbo, era el testimonio de una idea. A las tres semanas, vio una cuadrilla de legionarios a varios metros de distancia. Rengueó hacia ellos a través de arbustos espinosos y gritó para llamar su atención. Lo rescataron. Había perdido diez kilos, tenía un tobillo dislocado y estaba deshidratado.

Tengo conmigo esa brújula, dijo Bob. Es uno de mis tesoros. Quizás mi único tesoro. En ese momento, un colectivo de la línea 110 cruzó la intersección de Ayacucho y Vicente López. Pensé que un tipo que conserva un objeto así era definitivamente un romántico, y la persona que yo había conocido hasta entonces no tenía nada que ver con ese perfil. Bob se evaporaba en su propia multiplicidad. Ese atributo, más que un rasgo de carácter, constituía su profesión.

*

A los dos días de mi cena con Bob, llamó mi padre. Era fácil darse cuenta de que estaba desanimado. Se le notaba en la voz. Había comprado un padrillo carísimo y mientras un peón lo variaba se había fisurado un casco, algo fuera de lo común. Lo responsabilizaba de lleno a Jesús Amaro. Hacía un mes, había dicho que no existía un capataz como él, ahora lo defenestraba.

Extraño a Garza, me dijo. Para él, ese era un jefe como la gente, un tipo digno como jamás había conocido. Remató con un cliché: No hay peor desdicha que la de quien desoye su juicio. Me hirió su comentario. Estuve a punto de cortar, pero él notó mi fastidio y cambió de conversación. Había vuelto a la cinemateca y estaba entusiasmado con el género giallo. Amaba a un director cuyo nombre, no sé por qué, recuerdo: Lucio Fulci. Había asistido a un ciclo que reunía lo mejor de su obra. Me dijo que Fulci había muerto por no inyectarse insulina. La versión oficial sostenía que había sido un descuido, pero mi padre no estaba de acuerdo. Fulci se suicidó, me dijo. Después contó que se había reencontrado con la pareja de bioquímicos y había probado de nuevo anfetamina. Estaba convencido de que la droga le había despertado una cardiopatía. No sé por qué me contás estas cosas, le dije. Sos mi hija. Cuanto más sepas de mí, mejor, respondió.

*

Tropiezo dos veces con la misma piedra. Por aquellos días, Orla organizó un té en su casa y decidí ir. Dijo que había invitado a Lorena y que, si no me oponía, tenía ganas de hacer una sesión de tarot. Pobre gente, pensé. Compré el budín de siempre, tomé aire y enfrenté la situación. Las dos estaban cada vez más ordinarias –parecían un par de cacatúas– y eso me animó.

Orla se había puesto una camisa blanca con cuello mao y terminación con volado. Le quedaba pésimo.

Estaba nerviosa, como crispada. Nos dijo que en el trabajo le estaba yendo bien. Había diseñado el proyecto de un barrio en Corrientes, pero tenía un colega de su misma edad que le estaba haciendo la vida imposible. Además, había discutido con su padre por una cuestión de plata. No tanto lo que contaba sino la forma en que lo hacía, me irritaba sobremanera. Desde que era una nena, Orla me repugnaba, pero durante aquel encuentro empecé a odiarla. Aunque resulte contradictorio, este cambio fue saludable. Podría decirse que me liberó. En lugar de padecer su estupidez, empecé a disfrutarla. Noté algo común e infinito en el cretinismo de mi amiga. Orla, con su simpleza, con su corrosivo infantilismo, se convertía en una síntesis de la humanidad.

Aquella vez, antes de que me fuera, cerca de la medianoche, Lorena puso su mazo de tarot sobre la mesa. Saqué seis barajas y ella las evaluó. Vos no tenés futuro, dijo, y comentó que las cartas, a veces, se niegan a dar respuesta. No es para asustarte. En cartomancia, se lo llama destino blanco: la incertidumbre es tan fuerte que resiste el vaticinio.

Yo no le di importancia. Estaba encandilada con mi rencor. Sentirlo vivo en mí me ayudó a anclarme de lleno en el presente. Ese sentimiento me vitalizó o, más precisamente, me hizo entender que nadie tiene asegurado su propio dominio, ni el dominio de su territorio, pero hay actitudes que parecen certeras y a las que terminamos por someternos.

\*

Existen hechos laterales en una vida que, sin embargo, la terminan modificando. Un día, Josué, el asistente de Luchito, decidió volverse a Uruguay. Lo invitaron a ser portaestandarte en una comparsa y no supo negarse. Dijo que regresaba para morirse de hambre, pero que ciertos asuntos deben pensarse con otra cabeza. Luchito se desesperó –perder a Josué era como quedarse ciego del todo– e hizo lo posible para tentarlo: le duplicó el sueldo, le prometió pagarle un viaje mensual a Montevideo y diseñó con Sinatra, el abogado de mi madre, un contrato en el que se comprometía a darle esos beneficios. No hubo caso, Josué se fue de un día para el otro.

Desde que se quedó solo, Luchito se puso quisquilloso, nada le venía bien. Buscó reemplazos, pero a todos les encontraba defectos. Cuando finalmente se decidió y contrató a una mujer de la secta Lanza del Vasto –una señora que trabajaba en un piso de la zona–, duró poco. La despidió a las dos semanas por un motivo extravagante.

No soporto el olor a humo que trae en la ropa. Mejor me las arreglo solo, dijo. Y empezó a limitar sus salidas cada vez más hasta que dejó de hacerlas. Se instaló por completo en la casa de mi madre. Contrató a un paseador para Olivia y usaba a Cristela para los mandados.

Para él, el hábito pasó a ser un postulado moral: construir días perfectos para repetirlos hasta el final. Por las tardes, indefectiblemente, se ponía a hacer solitarios con cartas inglesas hasta que se desesperaba y llamaba a mi madre para que lo ayudara. Aunque parezca increíble, los dos se acomodaron a la situación. Pasaron los meses y el vínculo entre ellos se fue haciendo cada vez más hermético. Mi abuela, en realidad, me tenía al tanto de las novedades y su relato era cada vez más insólito. Yo no le daba mucho crédito, pero un día pasé por la casa con cualquier excusa y comprobé que no exageraba.

Luchito y mi madre se movían por el departamento como si fueran actores en escena. Agitaban las manos y decían frases que expresaban sobreentendidos con los que se reían a carcajadas. Pero lo más llamativo, casi diría lo alarmante, fue que distorsionaban sus voces para representar la de la perra Olivia. La voz de Luchito era aguda y aniñada; la de mi madre, rasposa y solemne. Incluso, los escuché ladrar. Repito: los escuché ladrar. Era muy bizarro ver cómo Luchito, con las manos en la empuñadura de su bastón y el parche en el ojo, gruñía como si fuera un terrier, y mi madre le contestaba con un sonido parecido desde alguna de las habitaciones. Cuando fui testigo de esto, pensé que nada nos representa mejor que lo que hacemos en la intimidad.

## 34

En invierno, las casas se muestran tal cual son. Mi departamento, por ejemplo, es una heladera, no hay forma de caldearlo. Instalé dos estufas de tiro balanceado, pero no hay caso. Las corrientes lo atraviesan –imposible sellar las ventanas– y lo convierten en Alaska. Además, están los imprevistos.

Una mañana de julio me levanté temprano –tenía una reunión con un artista insomne– y descubrí un charco en la cocina. Estaba abrigada con una bata de felpa, pero igual se me heló la sangre. De la rejilla brotaba una lengua de barro que avanzaba sin parar. Me sentí expuesta a la intemperie del mundo y frente a semejante circunstancia perdí la cabeza. Mi reacción fue instintiva, grité como si estuviera en una película. Después, un poco más calmada, busqué trapos para contener el desborde. No tuve que pedir ayuda: el encargado se presentó porque me había escuchado desgañitarme. Cortó el agua y estudió la situación. Estuvo un rato pensativo como si lo que ocurriera fuera algo sobrenatural. Después se arrodilló y metió la cabeza en el bajo mesada. Cuando salió, tenía la respuesta. Se tapó el desagüe, dijo.

Estaba equivocado, completamente equivocado. Al rato, vino el plomero y tiró la casa abajo. Pasé una semana en obra, la pérdida era esquiva y persistente. La casa se convirtió en un témpano y, como es de esperar, me enfermé: faringitis. Otra vez vino mi abuela a cuidarme, pobre santa, y, como las desgracias suelen encadenarse, a la vieja se le declaró una tremenda alergia.

*

Ni bien me repuse, fui a ver una muestra de Gyula Kosice. Nunca me interesó el arte cinético, pero como en aquel momento Alf estaba entusiasmado con el movimiento Madí, me pareció oportuno ver la obra de Kosice en vivo.

Cuando salí, caminé por Libertador hacia Palermo y, todavía bajo la conmoción del arte, la ciudad me pareció diferente: más chica, más provinciana, tan familiar como desconocida.

En la esquina de Austria me detuvo el semáforo y un hombre –vi solo el perfil: patilla marcada; ojo inmóvil, negro y hundido– se me acercó y me empezó a hablar. Tomé distancia instintivamente, pero el tipo era obstinado y me siguió. Perseveró una cuadra y me asusté en serio. Nadie pareció notar mi angustia. Podría haberme matado en plena calle sin que la gente interviniera. Por lo menos, esa fue mi impresión. En un arranque de audacia, lo empujé y, como pude –casi pierdo el equilibrio– me trepé a un taxi.

En quince minutos estaba en casa, sana y salva. Me preparé un té y me puse a llorar sin control. Cuando recuperé el aliento, me lavé la cara y llamé a Bob. Estaba afligida, me atormentaba un poderoso sentimiento de culpa, como si hubiese sido yo la responsable de la violencia que acababa de sufrir. Tenía la sensación de haber cometido una falta, una infidelidad, más precisamente. Algo injustificado, pero tan fuerte que terminaba por imponerse.

Bob me atendió enseguida. Estaba más distante que de costumbre. Me escuchó con atención y me consoló. Quedate tranquila, dijo. La calle está llena de locos. Lo que decía era cierto, pero el automatismo con el que habló me hizo sentir sola con mi desgracia, como si conversar con él, en lugar de confortarme, me empujara de cabeza a la tristeza. Me sentí sin suelo, flotando en el aire. Algo de la realidad de mi vida se cifraba en esa circunstancia. No se trataba de confusión mental, que son abundantes en mí, sino de una experiencia límite y, aunque resulte contradictorio, luminosa.

Bob, después, como al pasar, me dijo que se iba a ir a vivir con un amigo para asistirlo. ¿Asistirlo?, le pregunté. Me explicó que era una persona mayor que se había quebrado la cadera. El mal de los viejos, comentó. Lo cuidaban dos enfermeras, pero Bob aseguró que el hombre era pudoroso y prefería tener cerca a un amigo.

No entendí su solidaridad tan marcada hacia alguien que no era de su círculo más íntimo. De haber sido así, hubiera estado presente en nuestras charlas. Este pensamiento me dio un par de vueltas por la cabeza y de golpe me llegó a la boca: ¿Por qué ayudás a alguien que apenas conocés? No hubiera querido pronunciar esas palabras –vivía con miedo de que cualquier cosa provocara un conflicto–, pero me salieron solas, como si tuvieran voluntad propia.

Bob carraspeó –lo tomé por sorpresa– e inventó una excusa. Esta reacción, por una parte, me alegró –noté que mi franqueza atravesaba su coraza– y, por otra, me dejó abatida. Confirmé lo que venía sospechando. Bob vivía de los otros. Su estrategia era simple: buscaba candidatos solitarios y se beneficiaba con lo que pudieran darle a cambio de su afecto que, obviamente, era falso. Si su verdad hubiera sido diáfana, él habría sido uno entre miles, pero sus necesidades lo alejaban de lo evidente. Acceder a Bob implicaba un ejercicio de abstracción parecido al que se necesita para resolver un teorema.

El fin de aquella charla, ciertamente, fue abrupto. Bob tenía que hacer algo inaplazable y me cortó de repente. Me quedé con el auricular en la mano –el ruido del tono en el oído– completamente pasmada. Eso no se hace con nadie, pensé. Y entendí que aquella actitud era el comienzo de una lenta retirada. Aunque las apariencias me desmientan, creo que las pérdidas siempre ocurren de esa manera, se desanda suavemente el camino como si fuera la consecuencia de un proceso. Se retrocede por un pasillo oscuro, se tantea y se mueve el cuerpo con cautela, siempre con la cabeza vuelta hacia atrás, sin despedirse del todo de quien nos mira alejarse.

No me resigno fácil a perder lo que me importa y Bob era mi principal afecto. Cuando superé el mal trago, redoblé la apuesta. Iba a hacer todo lo posible para salvar nuestro vínculo. No se me ocurría cómo retener a Bob. Contaba con una única premisa: el móvil de las relaciones es siempre transaccional.

*

Para despejarme, me puse a cocinar. Preparé crema de verdeo. Corté cebolla en cuadraditos y los rehogué siete minutos en aceite de oliva. No quería que se me pasara y quedara con ese gusto amargo que toma la comida cuando se quema. Para controlar la cocción, me paré junto a la hornalla. Medí el tiempo con el reloj pulsera; en ese lapso, se me ocurrió un plan para acercarme a Bob. Algo emocionalmente costoso para mí, pero que, de salir bien, nos uniría para siempre. En ese momento, no me pareció tan riesgoso, pero ahora –que vivo en medio de este frenético torbellino– entiendo que estaba cruzando un límite.

Siendo sincera, creo que mi propuesta era, por supuesto, un intento por consolidar nuestro amor, pero, además, una forma de concretar una fantasía. Y las fantasías, como se sabe, deben permanecer irresueltas. Cumplirlas supone peligros, lleva a las personas al límite de sí mismas. Aquella vez, estaba tan entusiasmada con mi idea que no vi la oscuridad que habilitaba. Simplemente, no la vi.

A la semana de no saber nada de Bob, llamé a su casa. No me atendió. Después, lo hice día por medio. Casi enseguida, la ansiedad me ganó y aumenté la frecuencia. En el último lapso, intentaba cada cuatro horas. Sufrí aquella ausencia más que ninguna otra. Para calmarme, compré un equipo de gimnasia y empecé a hacer caminatas. En mi recorrido, pasaba por los bares del barrio con la esperanza de encontrarlo. Volvía siempre desalentada.

Una tarde, me senté en un banco de plaza Francia y se me vino a la cabeza una historia que me había contado Orla. Un amigo suyo tuvo una relación perfecta durante años, pero, llegado un punto, se obsesionó con la posibilidad de que el vínculo se debilitara. Este miedo lo llevó acosar a su pareja, quería leer en ella signos de indiferencia. La hostigó tanto que finalmente la mujer lo abandonó. Mi plan representaba lo contrario. Yo quería colaborar con Bob; en otras palabras, mi idea era darle libertad. Elegir es desechar lo inútil, decía mi abuela. Una vida ligada a ese concepto definiría mi estilo. Por eso aposté a la velocidad. Ser rápido, pensé, supone estar dispuesto a dejarlo todo y emprender la fuga.

*

Pasado un mes, una tarde, Bob me atendió el teléfono. Acabo de llegar, comentó. Yo traté de disimular mi entusiasmo. Respiré hondo y le pregunté si su amigo había mejorado. Me dijo lo de siempre: Para contestarte eso tengo que describir a mi abuelo. Como yo no estaba para juegos, aproveché un silencio para interrumpirlo y cambiar de tema. Le conté algo de mí, de mis cosas. Intenté darle a entender que lo había extrañado, pero sin ser directa. No encontré la forma de hacerlo y le conté lo primero que se me ocurrió: Alf estaba haciendo collages con fotos de Burt Lancaster. Las pegaba en el lienzo y las intervenía con óleo. El resultado era parecido a las obras de Berni. Con Lotte habíamos logrado vender tres de esos collages a un mismo coleccionista. Nos había pagado un dineral y habíamos ganado visibilidad –y creo que también prestigio– en el mundo del arte. Conté este episodio y la comunicación se apagó. Hay asuntos que irremediablemente llevan a la nada. Teníamos tantas cosas para decirnos y de golpe nos quedamos sin palabras. Los dos buscamos una excusa para resolver esa incomodidad cuanto antes.

Quedamos en reencontrarnos esa misma noche que, con seguridad, nos iría mejor. Él llegó puntual, pero cuando abrí la puerta salté de la sorpresa: traía un gato siamés envuelto en una manta. Me lo regalaron, dijo. Pero yo, como te imaginarás, no puedo tenerlo. Pensé en vos. Naciste en el campo y sabés de estas cosas. El bicho era extraño. Tenía el pelo color crema y la cola larga y dinámica. La combinación entre el hocico –agudo, tubular, medio en punta– y los ojos color azul eléctrico le daba un aspecto de ferocidad y locura.

# 35

Los siameses son insoportables, pero el que me regaló Bob era manso. Por las mañanas, acostado en la misma manta en la que llegó, disfrutaba la luz que entraba por el ventanal del living. Cuando le daba el sol, se le aclaraba el pelo, se volvía rubio, casi albino. A las dos de la tarde, se paraba y pasaba un buen rato desperezándose. Por lo general, tomaba un poco de agua que yo le dejaba en una cazuelita e ignoraba el alimento –supuestamente, muy proteico– que me había recomendado la veterinaria de Callao. Después, se metía en la cocina y buscaba la manera de salir al patio. No volvía hasta bien entrada la noche. Incluso, a veces, se ausentaba dos o tres días. Lo llamé Laureana, como la yegua que había tenido de chica y la gata que me perdieron Celestina y Cristela.

Bob me dijo que no podía ponerle ese nombre porque era un macho, pero me hice la distraída. Mis animales comparten el nombre. Tengo la fantasía de que se trata del mismo bicho que reencarna en diferentes especies.

Laureana se perdía por los techos, visitaba lugares inaccesibles, disfrutaba de cierta evanescencia. De hecho, era un animal tan poco demandante que, por momentos, perdía noción de su existencia. Eso, al comienzo, me alentó. No tenía que hacerme cargo de nada, pero con el tiempo fue incómodo. Es horrible saberse prescindible. Cuando Laureana estaba en casa –siempre acostado en la cobija, siempre dormido– me lastimaba con su apatía, y cuando desaparecía multiplicaba mi soledad.

Con el transcurso de las semanas, el gato se convirtió en una forma de conciencia que reflejaba aspectos de mi persona que no me dejaban bien parada. En el último tiempo, había tomado la costumbre de mirarme fijo mientras trabajaba. Me clavaba sus ojos estrafalarios, medio bizcos, y no los desviaba por nada del mundo. Había algo de reclamo en su mirada, como si yo fuera la responsable de que su vida fuera tan desabrida. No quería desprenderme de Laureana por temor a que Bob se ofendiera, pero hubo un día en que sentí que me observaba con un odio tan marcado que me decidí. Envolví al gato en su mantita y tomé un taxi hasta el jardín botánico. Lo abandoné en un senderito rodeado de vegetación. Al comienzo, desconfió. Dio unos pasos inseguros, miró para todos lados y olió el aire para conocer sus amenazas. Pero se adaptó enseguida. Lo noté porque arqueó la cola como si sintiera placer de estar donde estaba. Después dio una corridita repentina y lo perdí de vista.

Volví a casa sin culpa, más bien orgullosa de lo que acababa de hacer. De más está decir que a Bob no le dije la verdad. La mentira es un ejercicio indispensable. Hace que las cosas sean posibles.

*

La sangre Kendell es torrencial y altanera. No hay vueltas. Cuando a mi padre se le mete una idea en la cabeza no hay quien lo pare. Para él, Jesús Amaro era responsable de la fisura del casco de un padrillo, y esas faltas no se perdonan. Eché a Amaro como a un perro, dijo. Me hablaba desde un pueblito francés pegado a Bélgica. Estaba con Bernard, su instructor de yoga devenido en amante, en un retiro de meditación.

Lo escuché e imaginé al capataz –que a esa altura sería un hombre mayor, pero que para mí tenía cuarenta años, que fue cuando lo vi por última vez– montado en su ruano, medio ladeado, con su cara de caballo manso más alargada que de costumbre y un toscanito entre los labios, perdiéndose por un camino de tierra seca. Nada más irreal que esa imagen, que sin embargo me confortó. Mis recuerdos de infancia me devolvían una persona que usaba la rectitud para ejercer la crueldad. Le gustaba dar órdenes desde lo alto del caballo y esconder la perfidia de sus ojos bajo el ala de su chambergo negro.

A la hora del despido, mi padre tenía todo pensado de antemano, y cuando digo todo, me refiero también al reemplazo del capataz. Consiguió lo imposible. Diego Garza, el zaragozano de la eterna juventud, volvió a su puesto. Desde ya, que su aceptación no tuvo relación con la oferta económica –su fortuna había crecido en forma exponencial– sino, más bien, con un golpe de melancolía. Garza, con su vitalidad intacta, quería volver a los campos de juventud. Imagino que La Circunstancia, para él, sería menos una estancia que una zona emblemática que representaría, mejor que ninguna otra, un período feliz de su vida. Arregló con mi padre que haría visitas regulares y que, en su ausencia, nombraría a un encargado de extrema confianza.

*

Por esos días, Bob estaba más distante que de costumbre. Lo llamaba y no lo encontraba nunca, y cuando me atendía me respondía con monosílabos. Me decía que tenía jornadas extenuantes, pero respondía con evasivas cuando le pedía precisiones sobre sus actividades. Tuve que insistir como nunca antes. Lo acosé de tal modo que una noche –habíamos ido a tomar un trago a La Biela–, ya completamente fuera de sí, me contó la verdad. Ayudaba a una viuda a hacer una sucesión. Por lo que contó Bob, había muchas propiedades en juego y la lista de herederos era confusa. Esa vez la conversación fue decisiva para nuestra relación. Él intentaba mantener distancia para preservar su secreto, pero yo puse todas mis energías en develar esa niebla que constituía su vida.

En un momento, mi empecinamiento fue tal que Bob no pudo más. Se puso de pie de un salto. Voy al baño, me dijo. Cuando reapareció, buscó la puerta sin pasar por la mesa.

Lo intercepté en la ochava de Callao y Alvear y le hice un escándalo. Me puse a gritar como una desquiciada, nunca me había pasado algo así. Le dije que quería ayudarlo en todo lo que pudiera y le aseguré que nadie lo iba a querer como yo. Estoy dispuesta a jugarme por vos, ¿entendés?, dije y me arrepentí. Sabía que de ciertas escenas no se vuelve. La sinceridad, por sí sola, no alcanza. Hay que expresarla de forma adecuada, encontrar el tono que la respalde. Sin embargo, las palabras surtieron efecto. Había sobreestimado a Bob; en efecto, era un tipo más simple de lo que había imaginado. Bajó la cabeza y aceptó mi chantaje afectivo. Al fin y al cabo, era un hombre de costumbres, un tipo que no quería perder nada de lo que había logrado, ni siquiera lo que él mismo abandonaba.

Trepamos la pendiente de Callao y cenamos en un restaurante que acababa de abrir. Pagué yo. En efectivo. Fue una declaración de principios, una forma de imponer mi criterio. Ahora me doy cuenta de todo. Al espejismo de la identidad le sumé el espejismo de las relaciones. Como no encontré otra alternativa más que el malentendido, procuré usarlo a mi favor. Más tarde, cerca de la medianoche, agotados como si hubiéramos corrido una maratón, nos fuimos a mi casa. Bob, insólitamente, durmió la noche entera boca arriba, los labios entreabiertos. Roncó fuerte, como jamás lo había hecho, y yo, que tiendo a encontrar vínculos entre las cosas, pensé que eso era un buen indicio: se había entregado a mí como jamás lo había hecho.

*

Desperté a Bob con un beso en la frente. Mientras se bañaba le prepararé un buen desayuno, y cuando lo tuve sentado frente a mí, con una tostada en la mano, el pelo húmedo peinado hacia atrás y una sombra de barba en las mejillas, pensé que era el momento de contarle mi proyecto. Evalué minuciosamente qué palabras usaría. Le dije que quería presentarle gente que le sirviera para sus fines.

Yo puedo serte útil, le planteé. Tengo conocidos y amigos muy valiosos. Él levantó la vista y acomodó los rasgos para parecer altivo. En ese momento, tenía la apostura de un rey. Tragó saliva −no voy a olvidar jamás la sensualidad de sus ruidos deglutorios− y sonrió con picardía. Dijo que no era inteligente jugarse la vida a una sola baraja.

A confesión de partes, relevo de pruebas, pensé. Le preparé café fuerte, como a él le gustaba, y le conté lo que tenía entre manos. No le gustó la idea. Le pareció riesgosa, impracticable. Todos pierden, dijo. Después se puso de pie y amenazó con irse. Eso me gustó, me dio aliciente para seguir, desconfío cuando no hay réplicas a mis deseos. Sin dificultades, los proyectos se malogran. Es ley. Aquella vez, luché para convencerlo, como si de su aceptación dependiera el universo.

*

Terminó aceptando, aunque como buen embaucador, puso condiciones. Su reparo daba cuenta del cuidado que ponía en su actividad. No era un tipo corriente. Todo lo que hacía, cada mínimo acto, lo convertía en un ritual. Sus prácticas, entonces, resultaban invariables y sagradas. En el fondo –igual que Papaccio o Alf, pero con mayor reflexión–, Bob era un artista, un verdadero artista.

Por una necesidad personal, yo también establecí una condición. Debía enterarme paso a paso del progreso de su gestión: Bob tenía que comprometerse a contarme hasta el más insignificante de los detalles. Por supuesto que se negó de plano. En su actividad, aclaró, los vínculos tenían que afianzarse rápido. Ese era su objetivo y por eso había que estar dispuesto a echar mano a todas las estrategias posibles. No querés enterarte de lo que voy a tener que hacer para ganarme la confianza de tus amigos, dijo.

Le aseguré que se equivocaba. Uno de los justificativos de mi propuesta tenía que ver justamente con eso, con saber hasta dónde llegaba su pericia para ganarse el crédito de mi gente. Volvió a negarse. Volví a insistir. Mi oferta le convenía –de eso no había dudas– y, mal que le pesara, yo era la única persona que lo entendía.

Por otra parte, había algo que le gustaba de mi demanda. Narrar la vida propia como si fuera una proeza es algo a lo que pocos se niegan. Sin embargo, cuando accedió, lo hizo a regañadientes.

Bob todavía no conocía a fondo el abanico de sus necesidades y yo, modestia aparte, le ayudé a develar algunas; en otras palabras, fomenté las condiciones para que se metiera de cabeza en el caos de la experiencia. Y eso, de por sí, ya es un valor. Mi plan era simple: le cedería mis contactos para que sacara provecho de ellos. Bob tenía una ética propia para ganarse la vida o, mejor, una ética que encontraba su sentido en la naturaleza del vínculo: nunca exigía más de lo que estaban dispuestos a darle. Esa condición lo libraba de sospechas, por lo tanto yo, ante cualquier eventualidad, quedaba libre de culpa y cargo.

## 36

Insólitamente, sufrí la ausencia de Laureana. No tanto por el animal sino, más bien, porque había sido un regalo de Bob. De todas formas, jamás me engañé, desde el comienzo supe que me trajo el siamés para sacárselo de encima. Pero el hecho de que haya pensado en mí –aunque más no fuera que para resolver problemas– me hizo sentir una suerte de exaltación que podía fácilmente confundirse con felicidad.

El asunto fue que empecé a pensar en algo, un objeto, cualquier cosa, que me sirviera para poder acomodar el eje emocional. No buscaba nada en particular, dispuse el ánimo para lo que pudiera traerme el destino. Así fue que un día salí a caminar por el barrio sin rumbo fijo. Estaba de buen humor y era una mañana espléndida. Tomé por Alvear, como casi siempre hacía, y en la esquina con Rodríguez Peña me detuve frente a la residencia Maguire. Amaba ese lugar y, por más que pasaba seguido, en cada ocasión me detenía a contemplar el enorme gomero del jardín de adelante.

Es un árbol que debe tener más de cien años. Sus ramas atraviesan la calle y rozan las fachadas del Palacio Casey y la Casa de las Academias Nacionales. Además, la casona en sí siempre me llenó de curiosidad y, la primera vez que la vi, de chica, en aquel viaje maravilloso que hicimos con mi padre, me dio miedo. Quién no se aterra frente a ese lugar sombrío. Siempre que pasaba por esa esquina pensaba que esa casa, levantada en lo alto de la barranca a fines del siglo XIX, tenía vista al Río de la Plata. Es un hecho evidente, incluso ordinario en un punto, pero de todas formas me sumía en una enorme perplejidad.

Aquella mañana no fue la excepción. Seguí caminando por Alvear con la cabeza cargada de ideas que, al rebotar una y otra vez entre ellas, terminaban por generar una cámara oscura que alteraba el presente y lo volvía extraño, irreconocible. En ese estado, crucé 9 de Julio y remonté la calle Arroyo.

La parroquia Mater Admirábilis estaba abierta. Entré y me quedé sentada un rato en uno de los últimos bancos. Me fijé en la cara de San Francisco de Asís representado en uno de los vitrales. Parecía enojado con los pájaros que lo sobrevolaban. Después, salí a la calle y fui para el lado de Suipacha. Hacía menos de un mes había abierto una galería de arte chica, insignificante, a la que yo no le había prestado atención. Por pura curiosidad, me detuve frente a la vidriera. Me llamaron la atención dos obras. Una era la reproducción de un grabado de Doré sobre la *Divina Comedia*, una escena fabulosa del Paraíso. Representaba a Dante y a Beatriz en el extremo del mundo físico. Contemplaban el empíreo, un conjunto descomunal de esferas concéntricas rodeadas de santos, ángeles y bienaventurados que gozaban de la presencia de Dios. La otra obra era un retrato. Estaba colgado en una pared lateral y, a pesar de que lo veía de soslayo, algo en él me fascinó y entré a verlo. Era la imagen de un hombre. No se veía más que la expresión y un borrón de pelo, que terminaba por fusionarse con el fondo claro. Los labios estaban contraídos y la boca describía un círculo perfecto, como si estuviera por dar un beso. El contorno del rostro estaba delimitado por varios mechones marrones. Los rasgos eran angulosos y el cutis blanquísimo. Había algo inmersivo en el dibujo. El enfoque era extremadamente realista, casi cartográfico. Se detenía en los detalles –la porosidad de la piel en torno a la nariz, por ejemplo– que terminaban por extrañar la imagen. La escena del rostro, como si fuera un panteón o un gran coliseo, era tan vívida y compleja que terminaba por cristalizar algo vago, como de ensueño.

La artista era una platense nacida en 1978, una marginal en el mundo del arte, pero ese acrílico sobre lienzo me impactó de tal forma que decidí comprarlo. La galerista, una flaca insulsa con aires de experta, me pidió una suma ridícula. Terminé llevándome la obra por menos de la mitad. También compré el grabado de Doré. Los colgué a los dos en el living de casa. En la habitación tenía el óleo de Hopper. Esa era mi colección privada. Discreta: la colección de una entendida sin pretensiones.

Al día siguiente, me detuve a mirar el cuadro con la luz de la mañana. Noté, entonces, la verdadera razón por la que me había impresionado tanto: la figura era extraordinariamente parecida a Bob. El mismo corte de cara, el mismo brillo en los ojos, la misma expresión de la boca. Esas cosas ocurren en la vida. La ciencia las desestima, ni siquiera las considera excepcionales, las relaciona con la contingencia, la psicología o la sugestión. Para mí, en aquel momento, fue un hecho que tendría sus derivaciones, no podía precisar cuáles ni de qué orden. En mi cabeza no entraba la posibilidad de que fuera mero azar.

Por eso, justamente, llamé a Bob. Venite a cenar, le dije. Te muestro un cuadro que compré y hablamos de nuestro proyecto.

*

A las ocho y media estaba en casa. Miró la obra y se rio de mi ocurrencia. No tiene nada que ver conmigo, dijo. Ese no soy yo. Le di la razón y no volví con el tema. En realidad, esperaba que su opinión fuera de ese estilo: tenemos una idea equivocada sobre el aspecto propio. Usamos algunos indicios –tipo de nariz, grosor de labios, curva del mentón– para hacer una composición de nuestro rostro que siempre, en todos los casos, resulta equivocada. El punto de vista relega la verdad, dice el suizo Obrist. En ese detalle, a mi entender, radica su encanto.

Como siempre pasa en las vísperas de una jornada clave, se impuso el silencio. Esa vez comimos sin hablar. Recién en la sobremesa, acomodé la voz y le conté que ya tenía elegida a la persona que le iba a presentar. Bob encogió los hombros para desestimar mi parecer, pero al cabo de un rato, como me quedé muda, preguntó en quién había pensado. Le hablé de Orla Mooney. Hice un sumario de nuestra relación desde que la conocí en el colegio hasta mi más reciente encuentro.

Arquitecta, dijo como si fuera el dato más relevante. Pronunció esa palabra con cautela, deteniéndose en cada letra, y en esa demora –fue evidente– hubo deleite. En aquel instante, fui consciente de que la rueda de la perversión empezaba a girar y esta circunstancia, tan esperada por mí, me produjo alegría, pero al mismo tiempo, me disparó una inquietud que nació en el vientre y llegó en un

230

segundo –como si fuera un rayo– hasta la garganta, y allí se quedó, alojada en un diminuto nódulo de electricidad, en el centro mismo de la laringe.

*

La mentira que usé para presentarlos fue la más obvia: un amigo quería hacer una serie de refacciones y necesitaba consejo profesional. Orla aceptó enseguida. Nos juntamos en La Rambla un miércoles a la tarde. Pedimos café y la comunicación fue fluida. Los tres estábamos bien dispuestos y el lugar supo abrigarnos. La cantidad de gente que había en el bar era la justa, ni mucha ni poca; además, todos hablaban en voz baja, como si se contaran asuntos graves. Incluso, había una pareja, una mujer con ojos a lo Elizabeth Taylor y un hombre visiblemente mayor que ella, tomados de la mano. Compartían la copa y se miraban. Estaban junto a una pared en la que había un cuadro que representaba una escena de caza inglesa. Yo, cada tanto, los miraba.

Bob cumplió su papel con enorme talento. Se expresó con los términos adecuados y en ningún momento aportó datos concretos. Esa indeterminación hizo que la charla fuera enigmática: Orla, igual que el resto de los humanos, necesitaba nitidez. Esa ilusión la movía. Antes de que yo me levantara y me fuera, ella hizo una pregunta. No recuerdo sobre qué asunto. Bob, entonces, sonrió como si hubiera estado esperando esa oportunidad y dijo: Antes de darte esa respuesta, tengo que contarte la historia de mi abuelo. El viejo era un tipo extraordinario: un verdadero héroe. Tenía los bigotes, largos y renegridos, con las puntas engominadas hacia arriba.

## 37

Los vínculos prescriben. Ignorarlo es una muestra de arrogancia o de inocencia extrema. El azar se ríe de nuestras ilusiones. Mi madre, Elizabeth Santamarina, estaba acostumbrada a las dificultades. No se daba fácilmente por vencida: empeñaba toda su voluntad en deshacer los nudos de agobio. La pelea con mi padre es un ejemplo de esto que digo: ella nunca abandonó la batalla. Nunca. De hecho, Sinatra presentó escritos ante la justicia hasta hace poco. Sin embargo, con el progresivo declive de Luchito se encontró en una encerrona: no supo qué hacer, cómo resolver la circunstancia. Cuando perdió el ojo, también se esfumó su autonomía, y cuando Josué se volvió a Montevideo las cosas se pusieron peores.

La última vez que los visité, no bien entré a la casa, noté una atmósfera densa. El trastorno flotaba en el aire y lo volvía grave, irrespirable. Había un espantoso olor a legumbres hervidas, a éter y a ropa húmeda.

Luchito estaba en la cocina. Había desarmado un reloj que se había roto. Quería arreglarlo, pero no tenía la menor idea de cómo hacerlo. Fijaba su ojo sano –que después del accidente parecía más negro y perverso y el doble de poderoso– en la tarea. En su mirada, en la tenacidad de su mirada, se notaba la manía, la enajenación. Mi madre no tenía elementos para combatir esa situación, pero no se doblegó, sino que, como ya era su hábito, se dedicó a resistir a pie firme. Siguió con los talleres de la secta de Lanza del Vasto. Además, implementó pequeños cambios; entre ellos, se cortó el pelo. Se hizo un corte raro, desmechado. Esa vez que los visité, se lo pasó preguntándome si me gustaba cómo le quedaba un mechón largo que tenía a la altura de la sien. Lo repitió mil veces.

Es notable: lo mismo que nos salva, nos condena. Pero nada de esto le pasaba a Bob. Era un sobreviviente perfecto. Sabía nadar en todas las aguas, incluso en las que estaban infestadas de tiburones.

Su vínculo con Orla prosperó rápido. Eso no significa que descuidara nuestra relación; más bien lo contrario: estaba más atento que nunca. Cada tanto aparecía con un ramo de flores, crisantemos blancos, que eran las que a mí me gustaban. Quería evitar malos entendidos. De hecho, trataba de incorporar a Orla en nuestras charlas. Lo hacía con un tono neutro, impersonal, pero lleno de matices y de falsa simplicidad.

Omitirla hubiese significado que me ocultaba algo. Quería ponerla en evidencia para dar a entender que ella era una persona de la que los dos recibíamos beneficios. Así también lo veía yo.

La situación se mantuvo estable durante tres meses. Cada tanto, Orla me llamaba. Con su voz de pito, me contaba lo bien dispuesto que era Bob y me agradecía por habérselo presentado. El tema de la refacción del departamento había quedado en segundo plano y nadie había vuelto a mencionarlo.

La relación entre ellos era de amistad. Nunca pasaría de esa fase, aseguraba ella. Y lo decía con tal naturalidad y despreocupación que no me quedó otra alternativa que creerle. La verdad, pensé, era más simple que mi perversión. En un primer momento, acceder a esa consecuencia me desalentó, pero al cabo de un tiempo, fue una fuente de serenidad. Había expuesto a mi hombre al abismo y había salido ileso. Los anhelos, alguna vez, tienen que ser confirmados por otros, aunque sea a través de la humillación o del espanto. De eso estaba segura y por esa razón, entre varias otras, fomenté la unión entre Orla y Bob.

*

Pero un día, las cosas tomaron otro cariz, y lo que generó el cambio de rumbo, no tuvo relación –por lo menos, directa– con ese vínculo del que yo estaba tan pendiente. Se trató, ni más ni menos, que de la fatalidad: una serie de acontecimientos desafortunados que desembocó en una eclosión. Un lunes, Orla viajó a Paraná por temas laborales. Cuando regresó se encontró con la casa patas para arriba: le habían entrado a robar.

Se llevaron electrodomésticos, algunas alhajas y un par de fajos de dólares. A ciencia cierta, la pérdida no había sido considerable, además la mayoría de las cosas estaba cubierta por un seguro. Lo más grave, en realidad, no consistió en el saqueo *per se* sino en el desastre que provocaron los ladrones. Verdaderamente se habían ensañado con las cosas de Orla: muebles desmantelados, espejos rotos, ropa interior desperdigada. Mi amiga se encontró con ese paisaje y por poco sufre un colapso. Bob procuró consolarla, pero la congoja de ella era tan profunda que pidió

licencia en el trabajo y se fue a Gahan a buscar conten-
ción. Se quedó veinte días en el pueblo. Volvió repuesta.
Bob contó que se la veía animada y, sobre todo, más vivaz,
como si su estadía en el campo hubiera reanimado aspectos de su juventud que la ciudad y, sobre todo, el empleo
corporativo, adormecía.

El clic emocional la había llevado al límite. Según Bob,
ella había tomado conciencia de lo efímero que era todo
y esta percepción había trastocado por completo su relación con el mundo. Orla, entonces, se propuso duplicar
la intensidad con la que vivía. Como es una persona llana
y su mirada tiende a la simplificación, hizo lo previsible.
Se aficionó al deporte –se asoció al Lawn Tennis Club– y
procuró acotar al máximo su horario laboral. Estas dos
cosas bastaron para que su ánimo mejorara.

Con el movimiento perdió peso y ganó destreza física, y con la exposición constante al sol –asistía al club tres
veces por semana– su piel se volvió dorada y, no sé bien
por qué razón, más elástica. Lo que no tuvo en cuenta mi
amiga fue que la adversidad jamás se presenta por medio
de un único acto, sino que más bien, cuando acontece, lo
hace a través de una constelación de hechos que se enca-
denan siguiendo una lógica –porque hay una lógica, yo lo
sé bien, en el subsuelo de la calamidad– que, a la larga o a
la corta, termina por resultar evidente.

*

La cuestión fue que una tarde de domingo, después de
almorzar con un grupo de arquitectos, fue asaltada otra
vez y, en esta oportunidad, sufrió violencia física. Orla
bajaba por la calle Paraná rumbo a su casa cuando dos

desconocidos la abordaron. Era plena tarde. Todo indicaba que la modalidad del robo sería el arrebato: quitarle la cartera y desaparecer, pero las cosas se complicaron. Ella, insólitamente, opuso resistencia. Con las dos manos se aferró a sus cosas y no hubo manera de que las soltara. La reacción de los tipos fue inmediata, la golpearon para ablandarla.

La agresión, cosa curiosa, surtió un efecto contrario al esperado. Los músculos de mi amiga se contrajeron y no hubo manera de que soltara la cartera. Entonces, la empujaron hacia el hall de un edificio y en ese lugar le dieron una terrible paliza. Orla se cubrió la cabeza con los brazos, pero de todos modos no consiguió amortiguar la fuerza del castigo. Terminó con varias heridas en la cara. Lo peor fue que en el forcejeo perdió el equilibrio y cayó al piso con tanta mala suerte que se quebró la pierna izquierda a la altura del fémur.

Los ladrones escaparon con el botín y Orla quedó en el suelo, deshecha. La rescató un alma solidaria que la llevó al Rivadavia. Desde el hospital se comunicaron con Bob que, ni bien se enteró, corrió en su auxilio. Este episodio resultó clave para que pudiera ganarse la confianza de mi amiga. Fue él quien llamó a su familia y les dio la mala noticia. Y cuando los padres de ella llegaron a la capital se puso a su disposición. Después se hizo a un lado para respetar su intimidad, pero al poco tiempo todos regresaron a Gahan y, en ese momento, Bob volvió para asistirla.

De acuerdo a su relato, la trataba como a una reina. Le preparaba platos deliciosos y se encargaba de todos los trámites. Hasta ese momento, Bob me contaba en detalle todo lo que hacía con Orla. Su relato era tan pormenorizado que me quedaba la impresión de haber sido testigo presencial. Además, percibía que este asunto que compartíamos –los dos nos reíamos de Orla– volvía indestructible nuestro vínculo. De alguna manera, la astucia que poníamos en movimiento era tan elaborada que terminaba por parecerse a una representación teatral.

En todo lo que compartíamos aparecía la obsesión, y este hecho, que propiciaba una lucidez y un encarnizamiento asombrosos, terminaba por generar la sospecha de que toda felicidad se origina en torno a un núcleo de dolor intolerable, una herida que la dicha, una vez instalada, tal vez eclipse, pero que jamás conseguirá suprimir de la mente de quien la haya padecido.

# 38

Más allá de los vaivenes del destino, todo anduvo bien hasta último momento. Mi padre vino a la Argentina con su instructor de yoga. Alquilaron un departamento luminoso sobre Libertador, frente al hipódromo. Bernard era alto, de cuerpo atlético y discreto para hablar. Las veces que nos reunimos dijo pocas cosas, pero su silencio no expresaba vacío, era siempre poderoso y lleno de matices. A veces, se percibía como atención extrema; otras, como desinterés o apatía, y otras, las menos, como desaprobación a lo que se decía.

Mi padre estaba más joven que la última vez que lo había visto; en realidad, más joven que nunca, incluso comparado con el recuerdo que tenía de él en mi niñez. Tenía la cara flaca y despejada, llena de ángulos. Su nariz, ahora, era recta, filosa. También me dio la impresión de que le había cambiado la mandíbula. Era más prominente, como si los huesos forzaran la piel y se proyectaran hacia el frente. A los dos se los veía bien, felices de estar juntos. Tenían proyectos. Bernard quería aprender a montar y mi padre se había ofrecido a enseñarle. Se fueron a la estancia una mañana helada de junio.

La idea, además, era reencontrarse con Garza, el capataz ideal, que estaba entusiasmado otra vez con plantar unas hectáreas de maíz. Bernard quedó fascinado con la pampa. No podía asimilar la extensión, ni la soledad, ni la suficiencia, ni el desamparo; en otras palabras, entendió el campo como una metafísica. Eso fue lo que dedujo. Por lo menos, así lo expresó mi padre. Bernard entendió el campo como una metafísica, dijo. No podía ser de otra manera.

La estadía en La Circunstancia fue agradable, salvo una menuda excepción. El francés, entusiasmado con sus flamantes dotes de jinete, un mediodía sufrió un percance: el caballo metió la pata en una vizcachera y cayó de rodillas. Bernard salió volando y aterrizó en el suelo pedregoso. El revolcón fue bravo, pero no se hizo nada, solo un golpe en el hombro –casi se lo disloca– y algunas magulladuras. Antes de volverse a Europa, pasaron por casa para despedirse.

Los dos estaban elegantes, cada uno a su estilo. Mi padre, con un gabán negro de paño y una bufanda escocesa; Bernard, con un saco de corte italiano. En el lado derecho de la cara, se notaban las huellas de la caída. Tenía el pómulo hinchado y un corte en la ceja. La zona del ojo se le había teñido de un tono negro violáceo. Sin embargo, estaba de buen humor porque un conocido de mi padre, de la época en la que iba a la cinemateca, le había conseguido un papel en no sé qué película de terror. Cuando dijo eso en un castellano lleno de ripios –hablaba con un acento que, más que francés, parecía ruso–, pensé que todo lo que hacían ellos, juntos o separados, me refiero a todas y cada una de las actividades que llevaban a cabo, estaban animadas por el juego. El objetivo último no era producir valor sino escapar, a como dé, del hastío que los cercaba. En ese momento, imaginé que la matriz del bienestar que disfrutaban tenía que ver con que constantemente cambiaban de etapas. El movimiento los preservaba.

\*

En cuanto a mi madre, seguía con la estrategia para sobrevivir a su pareja, pero había agregado un elemento importante: viajar a las provincias. La apadrinaba la fundación Lanza del Vasto. Nunca entendí qué tareas cumplía. Buscaba locaciones o se entrevistaba con gente o algo por el estilo. El asunto es que se ausentaba cada vez más seguido.

Se iba a Córdoba, Rosario, Trelew o Mar del Plata. Se hospedaba en hoteles baratos, comía en fondas o bodegones, tomaba café con viajantes. Hacía una vida enemiga de la que había llevado hasta entonces. Volvía despejada y saludable. Su cabeza, insólitamente, renovaba las ilusiones, y mediante estos espejismos –porque no eran más que eso: espejismos– mantenía lo real a distancia. O, dicho de otro modo, insertaba esas quimeras entre su persona y lo real, como si acreditaran otro orden o, para ser más exacta, como si ellas mismas fueran otro orden.

En virtud de esta marcha, algo se alteró en ella. Gradualmente, desarrolló una nueva emotividad. La evidencia de esto eran los regalos que traía de cada lugar. Aparecía con tazas, llaveros, linternas o portalápices. El objeto que más me impactó fue un caballito de mar que cambiaba de color. Cuando me lo dio –venía envuelto en papel de seda–, no supe qué decir. Aclaró: Si se pone azul, sol asegurado. Violeta, cielo inestable. Rosa, mejor salir con paraguas. Me quedé con la boca abierta. Tantas horas de museo para terminar en esto, pensé. Me pareció una parodia de la verdadera conciencia estética, pero, de todos modos, no escondí el caballito en un cajón, lo expuse en un estante de la cocina. Sus vaticinios se cumplen a rajatabla. Además, de tanto verlo, dejó de parecerme feo. No digo que lo viera hermoso, pero había cierto movimiento de la figura que me resultaba simpática. Simpática, no. Divertida. Esa es la palabra. Llegué a imaginar que esa chuchería expresaba un secreto desprecio por los cánones culturales.

Lo importante fue que mi madre, aunque sea provisoriamente, había logrado resolver su asunto, y eso me dio una enorme alegría. Las que quedaron a la deriva fueron mi abuela y Cristela. Luchito, acostumbrado a la sumisión de los otros y a que lo consideraran inteligente, se puso cada vez más pesado. Lo último que me enteré fue que querían internarlo en un geriátrico, una medida que, a esa altura del partido, era tan extrema como indispensable.

*

En mi caso, la suerte también me acompañaba. Con Lotte habíamos armado una sociedad y nos complementábamos de maravilla. Ella detectaba los coleccionistas de arte y me los mandaba a mí. Yo los cerraba en Buenos Aires y repartíamos ganancias. Además, estaba Alf. Nos habíamos ganado su confianza y de a poco nos fue cediendo los derechos para que representáramos toda su obra. Era extraordinario. La pasantía en Christie's daba sus frutos con creces.

En otro orden, el vínculo que había establecido con Bob, a propósito de la relación con Orla, era provechoso. Los dos estábamos comprometidos con la experiencia, pero los sentimientos, por definición, son inmanejables. Es un hecho, lo reconozco, y si bien lo tuve en cuenta, subestimé su intensidad. Tanto Bob como yo teníamos hambre en el corazón y eso es más fuerte que cualquier inteligencia. El hambre es una fuerza ciega, puede dar forma o alterar a quienes imaginamos que somos. Comienza antes de nacer y continúa después de nuestra muerte. Bob accedió a mi propuesta; por lo tanto, decidió correr un riesgo. Cualquier fuga o desvío resultaba una proposición peligrosa, los dos estábamos al tanto.

El asunto se complicó después del segundo robo a Orla. La atención de Bob se volcó casi exclusivamente a ella. Era lo esperable. No sufrí ese cambio sino que, más bien, le di la bienvenida. Noté que el vínculo se afianzaba y entendí que cuanto más rápido lo hiciera, estaríamos más cerca de cumplir nuestra meta.

Cuando nos juntábamos –ahora lo hacíamos cada dos semanas– él seguía con su relato. Yo lo esperaba, ansiosa. Bob era detallista, pero nunca alcanzaba a colmar mi curiosidad: condensaba situaciones, usaba elipsis o pasaba por alto pormenores. En otras palabras, no abundaba, y lo que yo necesitaba era el exceso, la exageración; entonces, reclamaba aclaraciones. Procuraba correr los límites, empujar los velos de la escena. Aunque en el fondo mi alma ardiera, quería conocer desde el color de esmalte con el que se pintaba las uñas mi amiga hasta la temperatura que hacía el día que se encontraban.

Deseaba saberlo todo, saber la verdad, como si esto fuera posible. En ese estado llegué a la semana pasada, cuando Bob me invitó a cenar. Fuimos a un lugar norteño que queda a metros de Libertador, sobre la calle Basavilbaso. Comimos empanadas y tomamos un vino suelto –lo trajeron en una jarra– que no me cayó para nada bien; de hecho, me alteró el humor.

Bob, sin embargo, estaba contento e insistió en pedir postre. Cuando trajeron el quesillo con la miel de caña, sin ninguna transición, le pedí que me contara algo de Orla. Decime en qué anda mi amiga, exigí. Él sonrió –siempre lo hacía cuando me hablaba de ella– y no se hizo esperar. Se mueve poco con el yeso, comentó. Menos de lo que le convendría. Ama el rol de enfermera. Después hizo un silencio para darse tiempo. Tomó una bocanada de aire y, enseguida, con la voz dos tonos por debajo del habitual, dijo: Tuvimos intimidad. Así de directo, con algo de pudor pero sin un gramo de culpa. Tuvimos intimidad, repitió. Dos palabras que en un segundo me helaron la sangre.

Disimulé como pude. Tragué saliva, me froté la nariz. Fue lo que yo le había pedido. Mi cláusula había sido clara: Contame todo. Ahora él cumplía su parte. No quería echarlo a perder por nada del mundo.

Detalles, pedí. La ayudé a acostarse, dijo. Una pierna sobre la cama. La otra, la del yeso, en el canto de una silla. Le agarré la mano para calmarla, para que no se angustiara, y una cosa llevó a la otra. El resto fue pura confusión. Un desastre: sin querer, le rompí la ropa interior.

*

Pagamos en efectivo. Los billetes quedaron sobre la mesa. En la calle fuimos otros. Nos tomamos del brazo y caminamos con total serenidad. Si alguien nos hubiera visto, no habría dudado de nuestra dicha.

Esa noche dormí sola entre sábanas limpias. Me tildé con el desorden y las ausencias del relato de Bob. Inventé lo que había pasado a partir de la zona que se abría entre lo que él me había dicho y lo que yo conocía de la historia de

Orla. Puse todo mi empeño para reordenar los fragmentos. Fracasé. La unidad de sentido es siempre ilusoria. Después de varias horas, que para mí fueron una sola, lánguida e interminable, un rayo de sol entró a la habitación y fue a dar contra la pared.

## 39

Odiar no es mi sensibilidad. Mi sensibilidad es la confusión. Reconozco que las palabras de Bob calaron en mí, pero no por eso dejé de amarlo. Mis emociones son complejas e intrincadas, concilian contramarchas, bajezas y discordancias, por eso, lo más lógico es que no tenga control sobre ellas. Desde que me enteré del *affaire* sexual entre Orla y él, no pude sacarme la escena de la cabeza. Pero lo que imaginaba, sin ninguna duda, debía ser distinto de como en realidad ocurrieron las cosas, y la existencia de mi fantasía, por así decir, se movía en otra escala, en otro tiempo, nítido y lejano, parecido al de los sueños.

A cada rato miraba el teléfono, mudo sobre la mesita, como si mi ansiedad pudiera atraer la atención de Bob. Deseaba saber de él. Traducirlo, volverlo literal. Caer en la cuenta de que eso era imposible, es decir, entender que su relato permanecería siempre opaco no me desalentaba; más bien, duplicaba mis ganas de volverlo a escuchar.

No quería descifrar sus dobleces, simplemente necesitaba metabolizarlo, repetir cada palabra hasta que perdiera sentido y se volviera un eco, recién entonces, en ese momento exacto, podría asimilarlo.

Esas eran mis ideas, las que iban y venían dentro mi cabeza. Pero de pronto, imprevistamente, ocurrió algo, un episodio que me sustrajo por completo y que me ayudó a desactivar, por un breve lapso –unas cuarenta y ocho horas, digamos–, la obsesión que me tenía cautiva.

*

A las siete de la mañana del sábado escuché el teléfono. Yo estaba envuelta en mi edredón de plumas. Despierta, pero no del todo, a medias reconciliada con la vigilia. Permanecía en una especie de limbo en el que la realidad no estaba determinada del todo. No me levanté enseguida. Pensé, obviamente, que se trataba de Bob y me parece, no estoy del todo segura, que quise disfrutar con la demora de saber que me necesitaba.

Cuando no aguanté más, salté de la cama y corrí a atender. Levanté el auricular y escuché una voz que no era la suya y me descoloqué por completo. ¿Quién habla?, pregunté, indignada. Pronunciaron un nombre y un apellido. Me resultaron familiares. Hice un rastreo mental pero no los vinculé con nadie. Aclaró que nos habíamos conocido en un remoto museo provincial. Activé hasta la más recóndita de mis neuronas, pero fue inútil. Hay gente que es invisible. No se trata de déficit de temperamento ni de cuestiones con la inteligencia, es un asunto de otra índole. Desde mi punto de vista, se asocia a un dilema físico. Tiene que ver con la consistencia de la persona, como si fuera más leve que el resto de la humanidad.

Mi interlocutor persistió: Gonzalo Sorrenti. ¿Te acordás? Comíamos en El Olmo. Después, nos metíamos en el hotel de la calle Mansilla. Esas palabras quebraron el olvido. Terminé de oírlas y a los dos segundos hice un clic. Los recuerdos fluyeron como una avalancha. Claro que sí, respondí. Era Gonzalo Sorrenti, el guapísimo artista pampeano, el que había sido discípulo de Papaccio, a quien admiraba incondicionalmente.

Hablamos un rato. Trivialidades. Actualizar nuestras vidas, sobre todo a esa hora y en esas condiciones, suponía eso. Después, Sorrenti fue al grano. No le interesaban mis asuntos, eso quedó claro. Me llamaba por un tema clave: la salud de Papaccio. Hacía seis meses que venía con problemas en el nervio ciático. Había hecho un mal movimiento en el taller que le había provocado una lumbalgia atroz. La cuestión es que le costaba desplazarse, vivía en la cama. Esto le afectó profundamente el ánimo. Dejó de pintar y perdió el interés en todo. Se dedicaba a fumar y a mirar series en un viejo televisor Noblex. El desenlace fue dramático y no se hizo esperar: infartó en plena calle. Cuando se descompuso, juntó fuerzas y tomó un taxi hasta el Hospital de Clínicas. Sorrenti dijo que me avisaba porque sabía que estaba desamparado. No lo iba a ver nadie y su energía era cada vez menor.

*

Lo visité ese mismo día. Fue difícil encontrarlo en ese tremendo ministerio que es el Clínicas. Subir al ascensor que me llevó hasta el piso 11 también fue complicado, había una multitud delante mío. Entré a la sala que me habían indicado y lo vi: brazos en cruz, boca abierta, ojos cerrados. Parecía un cristo de Rembrandt, la cara larga y angosta, como la de los perros viejos, y de un color blanco extrañísimo. No, blanco, no. Más bien gris, un gris ceniza, frío, espantoso. Tenía puesta una camiseta con manchas de comida en la zona del pecho. Pero lo que más me impresionó fue el pelo. Se le había debilitado. Lo llevaba suelto y estaba tan grasoso que parecía húmedo.

Estuve un rato junto a la cama hasta que me decidí y le rocé el hombro. Papaccio abrió los ojos. Se le habían vuelto grises, como si acabara de quedar ciego o estuviera en proceso de serlo. Charlamos un rato, pero no me demoré: cuando empezaba a hablar, se agitaba. Después, un médico me comentó con una marcada antipatía que, de acuerdo a cómo se dieran las cosas, iba a tomar decisiones terapéuticas.

Decisiones terapéuticas, dijo, y sentí que me miraba por encima del hombro. Ese día, le compré a Papaccio calzoncillos en un puesto callejero. Al siguiente, le llevé cubiertos de plástico y un vaso irrompible. La tercera visita fue terrible: lo encontré completamente perdido. Decía cualquier cosa, que yo era el amor de su vida, que me extrañaba. Tenía una vía en la vena y le habían atado los brazos a la cama. Abría la boca a más no poder, parecía un pez fuera del agua. Una enfermera me dijo que era un paciente inquieto, impedirle el movimiento era una forma de cuidarlo.

Salí del hospital hecha un trapo, no podía más de la angustia. Sin pensar en lo que hacía, llamé por teléfono a Bob. Antes de que dijera una palabra, me largué a llorar. Como no podía hablar, él manejó la situación. Andá para tu casa, dijo. En un rato voy. Le hice caso. Lo único que deseaba en esta Tierra era estar en sus brazos.

*

Llegó a los quince minutos. Traía flores en la mano y llevaba puesto un ambo negro que le quedaba pintado. Verlo tan elegante me provocó una revolución anímica. Cuando lo tuve frente a mí, me aflojé por completo y busqué su pecho para expulsar mi desconsuelo: Papaccio, el hospital, la vida misma.

Nos quedamos abrazados un rato y en ese lapso confirmé –a través de la inteligencia del cuerpo– nuestra grandiosa excepcionalidad. Entonces, amé a Bob desde las entrañas, y para adjudicarle un registro a esa pasión e investirla de autoridad, usé el odio que sentía frente a toda la gente huidiza y resentida que me rodeaba.

Ni bien nos acomodamos en el living, me dijo que no tenía mucho tiempo, debía acompañar a Orla al teatro. Era algo que yo había intuido, con lo cual me lo tomé con calma. Compartimos un té de hibiscus. Le conté mi excursión al hospital y le expliqué la naturaleza de mi vínculo con Papaccio. Mientras hablaba, él me acariciaba el pelo, pero, la verdad, se notaba que tenía la cabeza en otra parte.

Lo vi más delgado y había vuelto a achatarse los rulos con agua. Era indudable que estaba tenso. Cuando me callé, no pudo soportar el silencio y se dedicó a hacer comentarios tontos. Se centró en el dibujo de Doré. Le dije que era una excelente reproducción y que estaba inspirado en la *Divina Comedia*. Me preguntó qué parte del paraíso representaba. Le hablé del empíreo y de las esferas concéntricas de ángeles, santos y bienaventurados. Bob hizo un comentario que me dio a entender que yo no tenía cura. Sinceramente, lo desconocí.

De inmediato, me di cuenta de que algo en él había cambiado, ahora era una réplica malograda del que yo había conocido. Ese hecho me dejó confundida y creo que, justamente, ese estado de perplejidad, de enorme desasosiego, me impulsó a preguntarle sobre su relación con mi amiga. Respondió una vaguedad, pero no me quedé conforme. Insistí, fui a fondo. Quería saber si seguían teniendo intimidad. Usé esa palabra porque él mismo la había puesto a circular. Sí, respondió, y a los pocos segundos se retractó. No, dijo, con una voz que nunca había usado conmigo. Encontramos otras formas de relacionarnos. ¿Otras formas?, pregunté.

Como si no me hubiera escuchado, contó que Orla estaba muy ansiosa porque le iban a sacar el yeso. Ansiosa, repetí y agité la taza que tenía en la mano. Enseguida dijo que tenía que irse. Se hace tarde, comentó. Tomó aire y se paró. Me acarició la mejilla con el dorso de la mano como si yo fuera una nena.

Lo acompañé hasta la calle. Lo miré de frente: pómulos altos, frente angosta. Necesito que hoy duermas conmigo, le pedí. Quiso evadirse. Cenarían en un restaurante español, terminarían a la madrugada.

Repetí: Necesito que duermas conmigo. Se comprometió a disgusto, dio su palabra. Llego tarde, dijo para desquitarse, y apenas me rozó la mejilla con los labios. Se fue calle abajo. El viento cargaba un dejo maloliente. Bob se metió las manos en los bolsillos y encogió los hombros: la noche, de pronto, se había puesto helada.

# 40

Le di muerte. Esa es la expresión correcta. No lo maté ni le quité la vida, le di muerte. En otras palabras, añadí en lugar de sustraer. Desde ese punto de vista, las consecuencias que origina el hecho cambian. Se positivizan, por así decirlo. Se trata de la naturaleza misma de lo que pasa. Tengo la certeza, y mi esperanza está cifrada en esa fe, de que la situación ocurrió de ese modo.

Bob llegó a la una y media de la mañana. Tocó dos veces seguidas el portero eléctrico, dos espasmos apenas audibles. Su intención, estoy convencida, era que no los escuchara, aunque su reserva tenía menos que ver con evitarme molestias que con sacarse de encima un compromiso. Sin embargo, yo estaba alerta a cualquier sonido que pudiera anunciar su aparición.

Me había comprado lana y tejía al crochet. Lotte me lo había recomendado. Además de ser una actividad relajante, aumenta el nivel de endorfinas. Es bueno como analgésico y produce sensación de alivio. Cuando en medio de la noche escuché el timbre, practicaba la técnica del nudo deslizado. Tenía agujas de madera de bambú y mis manos volaban.

*

Bob entró a casa como una tromba. Estaba de buen humor. Tenía las mejillas encendidas. Se debía, creo, a dos razones: el frío, la noche se había vuelto francamente invernal, y el vino que había tomado durante la cena. Por otra parte, noté que el pelo se le había secado por completo y los rulos, liberados de cualquier sujeción, conformaban una masa compacta que se meneaba de izquierda a derecha. De alguna manera, había vuelto a ser el hombre ávido, entusiasta y un poco infantil que tanto me había gustado cuando lo conocí. Como a tantos, disfrutar no le costaba nada. Había en él una propensión al placer, tendía hacia el gozo sensual e inmediato. Situado en este modo, esa vez se había propuesto omitir, hasta donde le fuera posible, todo dato, información o comentario que pudiera incomodarme.

Quería pasarla bien a toda costa. Vivía esa noche como si fuera especial y, por cierto, lo era en varios sentidos. La había empezado de la mejor manera y pretendía terminarla igual; sin embargo, su afición a la alegría no lo convertía en un desprevenido. Su oficio lo había acostumbrado a atender hasta el más insignificante de los detalles. Bob estaba interesado en mi humor. Y yo, qué decir, estaba entusiasmada con que él estuviera en casa, pero, francamente, la indecisión con la que, unas horas antes, había respondido a mi pregunta gravitaba sobre mi ánimo. Me afectaba menos que se acostara con Orla que el hecho de que me lo hubiera ocultado.

Ni bien entró, se metió en la cocina. Abrió la heladera de par en par como si estuviera en una fonda. Jamás lo había hecho, por eso lo fulminé con la mirada.

Tengo sed, aclaró. Comí sardinas. En un copón de vino se sirvió agua y, con la cintura apoyada en la mesada, contó que después del entremés, las sardinas –aclaró que eran de Galicia–, habían pedido cazuela de mariscos. Abundante y bien preparada, aseguró. Yo dije que sí con un hilo de voz y, no sé bien si porque en su tono distinguí cierta insensibilidad o porque el crochet me había relajado más de la cuenta, me retraje. A los pocos segundos, empezó a pesarme en la frente una sensación de agotamiento.

Él, indiferente a mi estado, siguió con la charla que, en un momento, fruto de un automatismo, derivó de un tema a otro hasta que llegó al decorado del teatro al que habían ido a ver no sé qué obra de Arthur Miller. Lo describió hasta el último detalle. Yo no decía ni que sí ni que no. Me limitaba a agitar cada tanto la cabeza, como los caballos cuando les incomoda la brida.

Estás cansada, dijo. Imaginé que a propósito de este comentario todo se encaminaría hacia el reposo, pero me equivocaba. Cuánto me equivocaba. Te va a venir bien trasnochar un poco, comentó Bob, demasiado encendido –a esas alturas, ya estaba segura– por lo que había tomado durante la cena.

Pidió whisky. Un dedito, dijo. No tengo. Deberías saberlo: yo no tomo, le retruqué. Vodka, gin. No sé: algo. ¿Tequila? En un vaso chiquito, le serví un licor de café que me había traído de Jamaica un artista invendible. Nos sentamos en el living y lo tomó de a sorbos y a desgano. Está medio agrio, se quejó, y levantó la cabeza hacia la pared que tenía enfrente. Esta vez no se detuvo en la escena de Dante sino en el retrato.

Acto seguido, se paró y se acercó al cuadro para ver mejor. Sabía mirar. Se detuvo en la boca –insoportable ese gestito afectado, dijo– y en la nariz –espantosa, criticó–. Sin embargo, dijo que había algo que le gustaba. Lo explicó a su manera. Se focalizó en la cara, en los recodos, en

255

las sombras, en todo ese vacío que se empozaba –así dijo: empozaba– y la volvía errada y tortuosa. Es el retrato de un fantasma, dijo. Y estuve de acuerdo. En realidad, era justamente esa condición lo que me había impactado de la obra. Recién ahora me daba cuenta. El cuadro representaba una cara vacía, la figuración de un equívoco o, más precisamente, del mal, por eso me interrogaba. El bien es pretencioso, el bien cansa.

*

Insólito. A pesar de que no le había gustado el licor, me pidió otra copita. Se la serví de mala gana y esperé que la terminara rápido. Sentía el peso del día en el cuerpo, sobre todo en la cabeza, en la zona de la frente, los ojos y las sienes.

Bob había notado mi cansancio, pero en lugar de replegarse, se expandía. Estaba ávido por hablar de cualquier asunto. Llegó a comentarme sobre un documental sobre el nazismo. Cuando no pude más, le rogué que nos fuéramos a acostar.

Me pidió un vaso de agua con limón. Fui a la cocina a servírselo y él aprovechó para meterse al baño. Dejó la puerta entornada y pude escuchar un ruido de gárgaras. Usaba un colutorio porque se le inflamaban las encías. Me lo explicó cuando vino a la cocina a buscarme.

Yo acababa de cortar un limón al medio. De pronto y sin ningún motivo, giré la cabeza hacia las hornallas y distinguí una pava de acero que me había regalado Orla. Ese objeto tan inocuo, tan cotidiano, suscitó una serie de pensamientos que terminó por revivir en mí un fuego que estaba adormecido. Como al pasar, le pregunté a Bob si seguía teniendo sexo con mi amiga. Esta vez, varié la palabra. Me pareció una tontería decir intimidad cuando de lo que se hablaba era de otra cosa.

Dije sexo, y de pronto todo resultó grave y peligroso, como si el hecho de usar ese término abriera la situación a otros sentidos. Bob pareció no escucharme; en verdad, ni siquiera levantó los ojos, los mantuvo clavados en sus zapatos, unos brogues tostados con puntera fina, pero esta reacción no fue el gesto del que ignora una dificultad, sino más bien del que la medita porque sabe que estará para siempre en su vida. Pero, como entre nosotros la incomodidad se había vuelto una costumbre, repetí la pregunta.

Bob, resignado, adelantó la cabeza, estiró el cuello y entrecerró los ojos. Después dijo: Cuando se abren ciertas puertas, es difícil cerrarlas. Entendí a la perfección lo que había querido decir. En realidad, no me esperaba otra cosa; sin embargo, el mundo de golpe se asordinó y, por unos segundos, las cosas perdieron espesor. En ese momento me sentí más inútil que nunca.

Entiendo, dije. Él comentó: Hago lo que me pediste. Y nos quedamos los dos fijos en un duelo en el que el entorno —la cocina, la alacena, el marco de la puerta y la puerta misma— dejó de existir como tal y se transformó en un borrón blancuzco. Fue un estado de conciencia; eso fue, un estado de conciencia en el que los dos —Bob arqueó las cejas en un gesto de resignación— reconocimos que los secretos son algo inofensivo en apariencia, pero con enorme poder de daño.

En ese instante sentí, vaciada y transparente, que debía obedecer al destino. Así de elemental fue la cosa. Por lo menos, de esa forma quedó en mi memoria. Entonces, juro que fue un acto automático, me erguí cuanto pude y avancé hacia Bob —fueron pocos pasos, pero los más seguros que di en mi vida– y, sin pensarlo, le clavé el cuchillo con el que había cortado el limón. Lo ataqué cuatro veces, aunque fueron tres las lesiones graves, una en el vientre y dos en el tórax.

Él casi no se defendió y, después, malherido, retrocedió unos pasos, apoyó la espalda contra la pared y se deslizó hacia el piso. Podría asegurar que rejuveneció hacia la muerte, su cara pálida y el pelo desordenado eran los de un adolescente. Se diga lo que se diga, porque de este asunto todos tienen su versión, mi acto –injustificado, lo reconozco– le devolvió simetría a nuestro vínculo, que es, modestamente, una manera de restituirle equilibrio al mundo. Es un hecho. Quizás por eso Bob se asombró tanto. Sus ojos abiertos, como en el autorretrato de Courbet, no se compadecían con su condición de moribundo.

Ahora que lo pienso, lo que hice, estoy segura, no tuvo que ver con que una verdad particular me resultara inaguantable, sino con que lo que no se tolera es la verdad a secas, la simplificación que dispone que lo que hay es lo que se ve. Admito mi responsabilidad. Jamás desdeñé mi protagonismo, pero en este caso la fatalidad jugó un rol importante.

*

Y en este momento, en que estoy en sede policial, como les gusta decir a ellos, rodeada por el principal Mario Baigorria, con su ridículo parecido a Juliano de Médici, por mi abogado, a quien acabo de conocer, el doctor Andrés Viggiano, italiano hasta la médula, y por dos agentes de uniforme, tan triviales, tan poquita cosa que hasta adolecen de una cara que los identifique; en este momento, digo, en el que los cuatro están un poco saturados de mí y de mis excentricidades, que me aborrecen profundamente, cada uno a su modo, por lo que hice, pero sobre todo por lo que significo para ellos y para sus pobres vidas; en este momento, repito, en que mi silencio es vivido como una falta de respeto, como una afrenta, no tanto –pero también– hacia las personas que esperan que hable, sino hacia las instituciones que representan y por las que se sienten justificados; en este momento, en el que tengo mis pulmones llenos de aire por la bocanada que acabo de tomar; en este momento, en el que todos esperan mi declaración, me aclaro la voz con una tos breve y digo: No puedo contarles lo que ustedes están esperando, si antes no describo a mi abuelo. Era un tipo extraordinario: soberbio, valiente, lo que se dice un héroe. Tenía los bigotes negros, largos y con las puntas hacia arriba...

# AGRADECIMIENTOS

Quiero agradecer por las lecturas siempre piadosas, los comentarios y la información indispensable a Luciana y Natalia, Caro Orloff, Leo Djament, Pablo Braun, Hernán Ronsino, Vir Ruano, Ana Cagnoni, Silvina Maciel y a la Húngara.

Eterna Cadencia Editora

Dirección editorial  Leonora Djament
Edición y coordinación  Virginia Ruano
Prensa y comunicación  Yanina Catellani
Comercialización  Ine Capurro
Diseño y producción  Maira Purman
Diseño de tapa  Ana Zelada
Diseño de colección  Cali Hernández y Vero Lara
Administración  Marina Schiaffino

Para esta edición de *La Circunstancia*, de Jorge Consiglio, se utilizó
papel estucado de 300 g en la tapa y offset ahuesado de 70 g en el interior.

Se terminó de imprimir en agosto de 2024 en Liberdigital, C/ Berlín,
1 Polg. Ind. Puerta de Madrid 28977 Casarrubuelos, Madrid, España.